GOBOOKS
& SITAK
GROUP©

GOBOOKS
& SITAK
GROUP©

三日月書版

三日月書版

焚情熾

天裂

三日月書版

BL023

墨竹——著

目次

1

熾翼殺了回舞？

「不可能！」太淵直覺地反駁，隨即看到奇練訝異地盯著自己，他意識到失態，掩飾地咳了一聲，「我的意思是，赤皇不是就要和回舞公主成婚，怎麼可能殺了她？還是在紅綃那裡……」

「我也不大清楚，只知道眾人趕到之時，熾翼的劍還沒有從回舞身上拔出來。」奇練嘆了口氣，「事實如此確鑿，熾翼也承認是他失手殺了回舞，祝融聖君的反應可想而知。」

「原因呢？」太淵追問著，「赤皇為什麼要動手？」

「好像是因為……」奇練看了他一眼，像是有什麼不方便說的。

「大皇兄直說無妨。」太淵咬了咬嘴唇，「這件事發生在紅綃的屋裡，我還是瞭解得清楚一些較好。」

「也罷，你遲早要知道。」奇練點了點頭，「回舞不知怎麼知道了昨晚熾翼前往紅綃屋裡，她等了一夜不見熾翼出來，今早終於忍不住衝了進去，結果正見到熾翼和紅綃共處一室。你也知道回舞的性格，她二話不說就拔了熾翼的劍去刺紅綃，熾翼上前奪劍，混亂中不慎失手刺死了她。」

見到太淵一臉呆滯，奇練又說：「太淵你千萬不要亂想，我相信熾翼和紅綃之間絕無苟且之事，獨處一夜一定另有原因。」

「我也相信紅綃。」太淵低下頭，「但是赤皇怎麼會失手？」

他怎麼可能「失手」？還是這麼嚴重的「失手」！

「回舞也是純血火族，力量不可小覷，加之全力相搏不易控制輕重……我方才看到熾翼，似乎受了傷，還傷得不輕。」奇練緊皺著眉，「回舞之死疑雲重重，值得好好推敲，不過這再怎麼說也是火族的家事，我們這些外人無權多問。」

「可是……」

「棲梧將生大變，你我不宜久留。」奇練沒有心情再說下去，扯過太淵就往城裡走去，「我們還是趕快收拾一下先回千水，一切交由父皇定奪。」

「等一下！」太淵拉住了他，「大皇兄，要是真是赤皇殺了回舞公主，他會怎麼樣呢？」

「回舞是火族僅有的純血公主，不論誰殺了她，都是無赦的重罪。」奇練露出棘手的表情，「就算熾翼在火族的地位一人之下，也不可能輕易脫罪，這回他的麻煩大了！」

「這麼嚴重？」太淵不信地問道：「熾翼統領火族軍權，要動他多少會有顧忌吧？」

「火族歷來以治下嚴厲著稱，這次熾翼犯了重罪，若是因為他的身分地位不了了之，那些歷來不滿火族的外族屬臣，又怎麼會平白放過這個大好藉口？」奇練分析道，「要是因此引致內亂，可不是什麼簡單的事情。」

「難道……」太淵的臉色發白。

「你就不用擔心了，熾翼不知經歷過多少風浪。」奇練拍了拍他的肩膀，「他解決不了的事情，我們誰也幫不上忙。」

「可是……」太淵看向內宮的方向，臉上浮現憂心。

「我知道你放心不下紅綃，可現在也不是顧著兒女私情的時候。」奇練正色說道，「至於今後如何，我們只能靜觀其變。你要有準備，你和紅綃的婚事，現在成了未知之數，大有可能就此告吹。」

太淵被奇練拖著收拾行裝，心裡為這突如其來的意外方寸大亂。

奇練說得不錯，這種情況之下別說婚事，水火兩族的關係恐怕也會陷入另一種局面。

不行！不能這樣！要想個辦法……

「有什麼辦法？」這個時候的熾翼，坐在囚室之中，神情和面前的化雷有著天壤之別，「我現在這個樣子，你說我有什麼辦法？」

祝融親自在他身上和囚室施了咒法，他現在只能直挺挺地坐在椅子上，連一根手指也動不了，又有什麼辦法可想？

「大人，這件事非同一般，萬萬不能輕視！」化雷憂心忡忡地說：「火族屬臣有許多外族首領一直野心勃勃，斷不會放過這個攻詰大人的機會。」

「擔心有什麼用？他們既有反心，遲早會反。」熾翼笑了一聲，「既然不是存心依附，我能壓得了他們一時，也壓不了一世。」

「大人……」

熾翼想要揮手讓他閉嘴，卻發現根本抬不起手來，只能無奈地挑了挑眉毛。

「微臣不明白，大人怎麼可能……」化雷吞吞吐吐地說，「怎麼可能會誤殺回舞公主呢？」

「說是誤殺，自然是在我意料之外。」熾翼面色猝然一變，陰沉得有些嚇人，「她改不了衝動莽撞的脾氣，註定會有這麼一天。」

說到這裡，卻忍不住流露出一絲悲傷神色。

「敢問大人……」化雷被他嚇了一跳，還是硬著頭皮問了，「您是因為受了傷？還是……其他原因？」

「我和紅綃有染，被回舞撞破，一怒之下殺她洩憤。」熾翼看了他一眼，「如果我這麼說，你相不相信？」

「微臣不信。」化雷很老實地回答。

熾翼冷笑。

「微臣逾越了。」知道熾翼不想多說，化雷心中憂急，卻也不敢多問，「微臣是想知道，大人今後打算怎麼辦？」

「這或許是個很好的機會。」熾翼看著這間狹小無窗的囚室，「我一個人待著也好！這段時間，我要一個人仔細地想想。」

「微臣明白了。」聽赤皇的意思，像是有著自己的打算，化雷稍稍放下了高懸的心。

在化雷行禮告退的時候，熾翼吩咐他，「化雷，你替我盯著紅綃，她的一言一行、一舉一動，都要如實向我回報，不許有半點疏漏。」

化雷雖然詫異，還是毫不猶豫地應了。

「化雷，用點心。」熾翼低垂的眼眸中閃過一道銳利的光芒，「我這個妹妹，可機靈得很呢。」

火族赤皇殺了長公主回舞。

四方的無數神族，都因這個消息而受到了震動。赤皇於火族，火族於四海八荒，都是至關重要的存在。這件事最後會如何處理，無數眼睛都在緊迫盯著。

目光的焦點自然是火族聖君祝融，據說他被這個忤逆狂傲、無法無天的兒子氣得七竅生煙，加上憂傷心愛的女兒辭世，突然一病不起。

這「病」來得很是時候，所有一切不得不延後處理。而水族的共工帝君，看來是打定了主意，對這件「家務事」不再過問。

明明在這之前，祝融說了，要把熾翼這個不肖子好好懲戒一番，以謝天下。而共工似乎感興趣得很，大有煽動群情，看祝融能做到哪一步的意思。

從風起雲湧到一潭死水，如此突然而徹底的轉變，充滿了詭譎的意味。更多的猜測和議論、不滿和憂心、計策和陰謀，隨著時間過去，慢慢開始浮上水面。

其實，說到這件事情，兩位帝君也是滿心不忿。祝融原本堅持絕不輕饒，共工則想要借機生事。

一切的改變，源於那位一向不理會他人紛爭的東溟天帝，居然在萬年一次為他慶生所辦的東天宴上，饒有趣味地公然談起這件事。

縱然他只是半真半假地說了一句：「難道殺了個醜八怪也是什麼大事不成？」

想到再也見不著熾翼的美貌，我就有些傷心呢！」

他說這話的時候，祝融和共工都坐在他的身邊。

他說話的聲音，比任何樂聲還要動聽，他嘆氣的樣子，沒有言語可以形容那種美麗，可是面對著天地間再無比擬的音容笑貌，祝融和共工的臉色霎時成了青白一片。火神祝融回到棲梧馬上一病不起，水神共工立刻覺得這件事情一點意思都沒有了。

祝融和共工都很明白，東溟在暗示他們，熾翼動不得。

就算身為一方霸主，但是對東溟帝君，他們不能說是聞之色變，卻也心存顧忌。東溟天帝的古怪規矩和脾氣，足以讓任何領教過的人恨得咬牙切齒，縱然驕橫跋扈如水火二神，在他的面前也總是戰戰兢兢，不敢有絲毫懈怠。

活得越長，力量越是強大。這不是定律，卻鮮少有著相反的例證。

沒人知道東溟活了多久，但祝融和共工還記得，現在的東溟依然和自己最初見到他時一模一樣。

那個時候，共工還是東海中的神龍，祝融仍是南天外的火鳳，而東溟，已經是頭戴冠冕、身著帝服的東天帝君。

東溟的力量有多強，誰也說不準，聯手能不能勝他，也是誰也說不準。但只要想到與東溟為敵必須承擔的後果，祝融和共工，就一點動手的欲望都沒有了。

東溟在他們的面前說了這句話，嘆了這聲氣，就算再怎麼傷腦筋，再怎麼不甘心，他們也只能暫且停下計畫，生病的生病，無視的無視，能拖多久就多久。

至多等上個一兩百年，等東溟帝君把這事給忘了，再作處置不遲。

雖然做了這樣的打算，祝融卻心中惶惶。

到底什麼時候開始，東溟對熾翼格外垂青了？東溟提起熾翼時那種曖昧的模樣，一想到就讓人背脊發冷。難道不知不覺之間，他對熾翼……

胡思亂想之後，祝融覺得自己快要病入膏肓。

比起祝融，共工的心裡更加不安。

東溟居然對熾翼另眼相看，這一點就足以讓共工夜不安枕了。

熾翼誠然容貌出眾，比起東溟還是相差甚遠，而東溟以自己的容貌為傲，將他人一律視作糞土草芥的脾氣，共工更是清楚得很。

這些年來，東溟對自己和祝融的爭鬥放任為之，這樣的態度，會不會有一天因為對熾翼的另眼相看而改變？到了那個時候，自己必敗無疑。

結果，猜來猜去，誰都拿捏不準東溟的意思，只能任憑事態自由發展下去。

關在囚室裡的熾翼，輾轉知道以後笑了一聲，說了一句：「不過是覺得有趣而已。」

什麼愛惜美貌？每次見到不都是掩面長嘆，說比起他來，自己哪裡都不堪入目，長成這樣簡直可憐至極……東溟這麼做，多半是父皇和共工在他面前依舊為此事針鋒相對，攪了他的興致，心中不滿罷了！

不過也好，這樣一來，倒是有更多的時間打算了。

「三個月吧！」他對化雷說：「最遲也就三個月。」

然而其實不到三個月，一個月後，火族屬下最為強悍的北方十九族聯盟叛亂。

一路橫行無阻的大軍即將殺到棲梧之時，手忙腳亂的祝融才想到了自己被譽為最強戰將的兒子還關在牢裡。

火族赤皇殺了長公主回舞。

這樁嚴重至極的事件，在赤皇三兩下擺平北方十九族的叛亂後，徹底不了了之！

「赤皇大人，他已經到了。」化雷在門外說道。

「進來吧。」熾翼把手裡的卷軸放回桌上，抬起了頭。

「是。」化雷轉過頭，伸手示意，「北方將軍，赤皇有請。」

他身後的人微一行禮，走了進來。

「微臣拜見赤皇大人。」那個高大的身影朝著熾翼叩拜行禮，態度甚是恭敬。

熾翼起身走到他的面前，卻不是要扶他，只是居高臨下地望著這人。

「蚩尤！」他雙眉一抬，語氣嚴厲地喝問，「你可知罪？」

「赤皇恕罪！」那人伏低身子，聲音倒還算是沉穩，「屬下何處做得不好，還請赤皇大人示下。」

「你覺得自己做得很好？」熾翼聞言，面色一變，「北方將軍蚩尤大人，你好大的膽子！」

任蚩尤平日如何強橫，聽到素以性情無常聞名的赤皇用這種語氣說話，心中也不由得發慌。

「赤皇大人請息怒！」他連忙為自己辯解，「屬下絕無此意，只是實在不明白赤皇大人到底為何事不滿。」

「你真的不明白？」熾翼冷哼一聲，「我問你，當日我令你活捉其餘十八族首領，何以帶回來的是十八個頭顱？蚩尤，你投身我麾下已近千年，軍令如山的道理，難道還要我教你不成？」

「回稟大人，屬下那麼做，實在是不得已而為之。」

「好一個不得已！」熾翼撫掌大笑，「蚩尤，你把頭抬起來，看著我再說一遍。」

蚩尤抬起頭，卻在觸及熾翼充滿狠厲的眼神時心中一驚。

「說吧！」熾翼雙手環胸，背靠著書案，「你倒是說說看，局勢盡握手中之後，是什麼不得已的原因，讓你不顧我的命令，暗自處決叛亂之臣？」

「回大人。」蚩尤皺起了他微赤的眉毛，「多年前，北方十九族敗於赤皇大人以後，結為聯盟效忠火族，但其中和東海水族暗中聯絡至今的為數不少，彼此更是為了邊界之事連年衝突，讓大人時時費神。所以十九族在火族屬臣之中稱得上實力出眾，但從未受到大人重用……」

「這些話，你當年祕密前來棲梧，誓言投效於我的時候，我就已經聽過了。」熾翼不耐煩地打斷，「蚩尤，我只是要問你，到底是誰給你的膽量，讓你枉顧軍令，殺了其餘十八族首領？」

「大人命我留下十八族首領的性命，目的是為了安撫其麾下將領，以防他們藉機作亂，使得局面脫離掌控。」蚩尤垂下目光，「但是在那之前，屬下已經將十八族主將招為己用。當場處決那些叛臣，是為避免節外生枝。」

熾翼輕聲地重複，「你說你在動手之前，已經把他們手中大將招為己用了？」

「是。」

蚩尤屈膝低頭，看到熾翼暗紅的靴子自左到右，自右到左來回走了三趟，然後再一次停在了自己面前，空氣中慢慢加重的壓力讓他的額頭冒出了幾滴冷汗。

「你起來吧。」

隨著熾翼的聲音響起，加諸在身上的重壓驟然消失，蚩尤長呼了口氣。

「坐。」熾翼的語氣越發溫和，甚至吩咐看座上茶。

蚩尤依言坐下，一顆心稍稍放了下來。

「蚩尤，你或許沒弄明白。」坐回位子上的熾翼端起茶杯喝了一口，漫不經心地問，「我只是要你告訴我，這是誰給你出的主意？」

蚩尤端起的茶杯停在了嘴邊。

「或者我該問，是誰這麼有能耐，居然能在短短時日內，策反十八族忠心耿耿的將軍們？」熾翼重重地放下了茶杯，「最好別告訴我是你！」

「這……」蚩尤滿面的猶豫之色。

「蚩尤。」熾翼挑起眉毛，直視著他，「你是數一數二的驍勇戰將，才智謀略也是上上之選，不過，想做得如此高明，還欠了一點火候。要真是你做的，我自此以後倒是要對你另眼相看了。」

他的言語充滿了弦外之音，蚩尤不是傻子，怎麼會不明白他的意思。

「懇請赤皇恕罪。」蚩尤再次屈膝跪下，「蚩尤沒有居功之意，但這件事情實在複雜蹊蹺，屬下一時不知如何向大人呈報。」

「大膽！」熾翼一拍書案，「你真把我當成傻瓜了嗎？」

熾翼一拍之下，那張白玉書案非但裂痕遍布，少說往地下的青玉磚裡下陷了五寸，門邊的化雷見了，都忍不住打了一個哆嗦。

蚩尤嚇得冷汗淋漓，一時間口舌僵硬，根本不知道要怎麼回話才能平息赤皇的滿腔怒火。

「蚩尤大人，您還不把經過說給大人聽？」化雷知機地提醒他。

「赤皇大人，蚩尤知罪！」蚩尤定了定神，「事情是這樣的……」

2

「那個幫了你大忙的人到底是什麼來歷，你真的一點都不知道？」蚩尤的彙報告一段落，熾翼臉上的怒火也平息了下來，若有所思地問道，「你可曾察覺什麼奇怪之處，比如外貌特徵像是哪族之人？」

「那人來去無蹤，始終把自己包得嚴嚴實實，聲音也刻意改變過了。我原本不願信他，直到他用赤皇大人交代給我的命令相要脅，我才不得不與他合作。」

蚩尤慚愧地說，「我曾試著制伏他，沒料想他精通高深術法，那不過是個虛形幻象而已，根本無從查起。」

「只是猜測，就知道我定的計畫；單憑口舌，能夠策反十八族主將……這人真不簡單。」熾翼面色凝重，「火族什麼時候有了這麼一個了不得的人物？他到底是誰，為什麼要這麼做？」

「屬下並非刻意隱瞞大人，只是那人讓我不要向赤皇大人吐露，只說是受過大人的恩惠，想要暗自報答大人罷了！」

「仇人我是有不少，至於什麼受恩報答，八成是藉口。」熾翼還在深思，朝跪著的蚩尤揮了揮手，「既然說清楚了，這事也不怪你，下去吧。」

「屬下違背軍令，還請赤皇大人從重處罰。」蚩尤依舊不動，一臉沉痛地請罪。

「好了，你別得了便宜還賣乖。」熾翼笑著說，「你受封北方將軍，統領北方十九族，現在算是火族重臣。何況你這麼做也是為了大局著想，我怎麼會罰你呢？」

「多謝大人！」蚩尤一抹冷汗，終於放下了七上八下的心。

「你去吧。」熾翼微微頷首。

直到蚩尤告退走遠，化雷才走了過來。

「赤皇大人。」化雷站到熾翼身邊，「我總覺得這蚩尤城府頗深，不太可靠。」

「從他第一天來見我，我就知道這人野心不小。」熾翼冷笑一聲，「他一直有心吞併北方神族，我給了他這個機會，他當然會好好利用。」

「那麼……那個什麼神祕的人，是蚩尤編造的不成？」化雷驚訝地問。

「他要有那種本事，也不用等我給他機會了。他也算是難得的將才，只可惜好大喜功，急於求成，所以始終難成氣候，不足為慮。」

熾翼起身踱了幾步，「至於那個神祕人……這麼多人眾口一詞，必然真的存在。抓住他人弱點，或利誘或使計，單憑小小手段就策反了一向忠心的十八族主將，真是令人畏懼的才智！」

「這人到底是敵是友？」化雷皺起了眉，「他讓蚩尤殺了十八族首領，也不知道是不是暗藏詭計。」

「這倒是你多心了。」熾翼停了下來，「就算他沒有策反十八族主將，凿尤也會想法子不讓那些首領出現在我的面前俯首認錯。那樣，我還要費上不少手腳，說起來他算是幫了我一個大忙。」

「既然誰也看不出那人的術法破綻，恐怕並非泛泛無名之輩。」化雷還是有些擔憂。

「不錯！」熾翼點頭同意，「如果有朝一日這樣的人和我為敵，絕對是個可怕的敵人。」

「大人……」

「化雷，還是你親自去一趟。」熾翼想了想，吩咐道，「使用投射虛像的術法，總會有蛛絲馬跡留在附近。我想知道，要『報答』我的，到底是何方神聖。」

「是！」

「回來！」熾翼喊住了他。

「大人還有什麼吩咐？」

「化雷，最近這幾天，紅綃那裡可有動靜？」熾翼負著雙手，站在窗邊。

「紅綃公主還是和前段時間一樣臥病不起，不曾下床半步。」化雷彙報著，「已經找人看過，說是受了極大驚嚇，需要靜養。」

「驚嚇？」熾翼低下頭，嘴角抿緊，「倒真是受了不小的驚嚇。」

「大人，紅綃公主身子不適，婚期是不是需要另議？或者看看水族……」

「不必！」熾翼斷然說道，「不是延後了五個月嗎？足夠她修養了。」

「可是，剛剛喪葬完畢，恐怕……」

「十日之後，就讓紅綃去往千水，直到成婚。」熾翼冷冷地說道，「東溟天帝已然答應如期前往，我也知會了共工帝君，婚事照常舉行。」

「可是如此倉促，有太多東西來不及準備。」化雷為難地說，「若是太過簡陋，怕會失了禮數。」

「化雷，你別忘了這只是一個形式。」熾翼的聲音越發冷然，「我們是為了和水族結盟，才安排這場聯姻。你盡力去辦，只要按時進行，不出差錯就可以了。什麼簡陋失禮的，不用考慮太多。」

化雷感覺到他壓抑的怒氣，連忙應聲退下。

熾翼獨自走到窗邊，遠望著庭院中盛開燦爛的粉色茶花。

陽光之下，茶花嬌豔依舊。

「回舞……」熾翼閉上眼睛，眉宇間帶著一抹憂傷，「對不起。」

妳死得好生冤屈，我卻沒有辦法為妳討回公道……不過總有一天……

總有一天……

熾翼手一鬆，離弦的箭矢竟然脫離了標靶，不知飛到哪裡去了。但他已經顧不得那些，只是一臉愕然地看著身邊同樣神情古怪的化雷。

「你說什麼？」他有些緩慢地問道，「你剛才說了什麼？」

「回稟大人。」化雷咽了口口水，「千水之城派來使節，遞上婚書。」

「婚書？」熾翼垂下舉著長弓的手臂，不解地問，「下個月就要行禮了，還送什麼婚書？」

「不是七皇子和紅綃公主的婚書，而是共工帝君他……」

「共工要娶紅綃？」熾翼一把揪住化雷的衣襟，「什麼亂七八糟的！」

「微臣也不知道啊，婚書上就是這麼寫的！」化雷拚命往後仰，生怕熾翼一怒之下殃及他這無辜的池魚，「聖君一時拿不定主意，差我來找大人過去商議。」

「共工要娶紅綃……」直到飛過雲夢山，眼看著要到千水之城了，熾翼還是回不過神來。

怎麼可能？

但是婚書上寫得明明白白，水神帝君共工要娶火族紅綃為后。

那個嬪妃無數的共工，居然要搶自己兒子的妻子？

還是讓紅綃和碧漪同時位列帝后？

這是在發哪門子的瘋！紅綃到底有什麼本事，居然能讓共工那樣的人為她神魂顛倒？

是的，神魂顛倒！千水之城的來使用的就是這個詞！

如果換一種情況，聽到那個殘忍暴虐的共工帝君會為某人「神魂顛倒」，他一定把這當成最有趣的笑話來聽，然後會笑趴到地上去。

但是這個據說讓共工神魂顛倒的人，是紅綃！

紅綃！妳才去了千水多久，居然出了這樣的事情！共工要娶妳，那麼太淵怎麼辦？

「該死的！」熾翼臉色發青，狠狠地咒道。

正在這個時候，他突然看到兩道拉扯的身影從千水之城飛了出來。熾翼不想管閒事，但就快錯身而過時，他看清了那個在空中搖搖欲墜的身影，還是停了下來。

「帝后？」熾翼皺眉看著臉色蒼白、淚流滿面的碧漪，「妳怎麼會一個人出城？」

沒有儀仗，沒有隨從，身為水族的帝后，碧漪又怎麼會出現在這裡？

「赤皇大人！」原本拉著碧漪的依妍看到是他，急忙說道，「您來得正好，快勸勸帝后，她不能去啊！」

「熾翼！」碧漪看到是他，一下子就倒在了他的懷裡，抽噎得快要斷氣，哪裡還說得出話來。

「到底出什麼事了？」熾翼推也不是，不推也不是，只能轉頭去問依妍，「妳說清楚！」

依妍連忙做了個深呼吸，整理了一下思路。

「赤皇大人！」她的頰邊也有不少淚痕，「您可知道帝君要娶紅綃公主為后？」

「不錯，我就是為了此事而來。」熾翼點頭。

「您也知道帝君決定的事情由不得他人干涉，可是……可是七皇子對公主她……」說著說著，依妍的淚水又落了下來。

「太淵？太淵怎麼了？」熾翼臉色一變，大聲說道：「妳哭什麼？給我說清楚一點！」

被他一吼，不只依妍，連趴在他懷裡的碧漪也嚇得停止了抽噎哭泣。

「聽說方才七皇子在殿上頂撞帝君……還動了手……」依妍說得有些猶豫，她根本不相信溫和善良的七皇子會做出這樣激烈的事情，「帝君雷霆震怒，當場就要下令處決……」

「處決？」熾翼手一收緊，聽到懷裡的碧漪痛得叫了一聲，才趕忙放鬆了力氣，「太淵現在怎麼樣了？」

「幸好大皇子為他求情，帝君才免了他的死罪！」依妍急急忙忙地說，「可是帝君打傷了七皇子，還用法術把他移去了不周山的天雷坪，要讓他受萬雷焚身之刑。」

「萬雷焚身？」熾翼雙眉一揚，「不一樣是要他的命嗎！」

「帝后就是要去救七皇子，我拉也拉不住她……」

「熾翼！你別攔著我，我要去救太淵！」碧漪像是想起了自己的目的，又要衝出去。

「別胡鬧了！」熾翼一把抓住她，「妳就算去了，又有什麼用處？」

「可是太淵……」碧漪臉色死白，連聲音都在顫抖，「他是我唯一的孩子……他有什麼錯？他只是喜歡紅綃而已……」

熾翼用力地閉上了眼睛。

太淵還是個孩子……

「我可憐的太淵……」碧漪哀哀哭泣著，「他受不了天雷的！」

他怎麼受得了天雷焚身的痛苦？

「不行啊帝后！您也是禁受不住啊！」依妍也哭了起來。

他受不住的！他連片刻都撐不了……

「我去。」混亂之中，熾翼睜開了眼睛。

另兩個人呆住了。

「赤皇大人！」依妍第一個反應過來，「您也不能去！」

「不要，我去就好了！」碧漪也拚命搖頭，「就算是你，被天雷擊中也會灰飛煙滅！」

「既然知道危險，就給我待在這裡。」沒有時間和她們糾纏，熾翼把碧漪推到依妍身邊，吩咐道，「看好帝后！」

「不行不行！」碧漪死命拉住他的衣袖，「你不能去！」

「我不去，太淵就死定了！」熾翼拉回衣袖，堅定地說：「妳回去等著，我一定把太淵活著帶回來。」

「不要！熾翼！」看著熾翼飛上雲霄，碧漪慌亂地要追上去，卻被依妍死死抓住了。

「帝后，您冷靜點啊！」依妍著急地勸說著，「赤皇大人法力高深，如果是他去救七皇子，七皇子平安回來的機會就大得多了！」

「真的嗎？他們不會有事的，對不對？」碧漪哭著問：「他們兩個都會平安回來的，對不對？」

「沒事的，您別這麼擔心！」依妍扶住了她，「赤皇大人不是讓我們等著嗎？他一定很快就會帶著七皇子回來……一定的……」

碧漪靠在依妍的肩頭，無神的雙眼看著熾翼消失的方向。

熾翼是為了自己……他冒這麼大的危險，是為了救自己的兒子……

熾翼看到了那個躺在地上的身影，心揪成了一團。

太淵為什麼會昏迷不醒？他的嘴邊有血跡，是受了傷嗎？傷得重不重？

熾翼握緊拳頭，恨不得立刻衝過去救人。可是他知道不能那麼做，在天雷坪上，只要有一個微小的動作或聲響，就會引來天雷。幸好在他趕到之前，太淵一直處於昏迷之中，這才沒有受到雷擊。

天雷坪的天雷每隔一段時間，就會有剎那的停頓，熾翼只能趁著這個空隙，一步一步地靠近躺在天雷坪中央的太淵。只要能走到太淵身邊，就有辦法帶他離開。

還有五步，還有五步就能碰到他了！

就在這個時候，仰面躺著的太淵突然開始眨動眼睫。

好吵的聲音……太淵慢慢睜開眼睛，視線裡依舊一片模糊，只是隱隱約約看到不時有著明亮的光線在灰暗裡劃過。

這是哪裡？為什麼自己會在這裡？下一瞬，記憶像潮水一樣湧入了他茫然的神智。

紅綃……父皇……

在他曲起手臂的時候，耳邊像是傳來了遙遠的喊聲。

「太淵！」

然後，滿天灰暗被豔麗的紅色覆蓋，震耳欲聾的聲音在耳邊炸開。

受到強烈的衝擊，本就昏沉的太淵神智更趨混沌。他只覺得冰冷的身體被一片溫暖環繞著，耳邊可怕的響聲漸漸轉小。等他再張開眼睛的時候，視線裡除了一片鮮紅，再沒有其他的顏色。

溫熱的液體滴落在臉上，黏膩的感覺讓他很不舒服。

「太淵，沒事了……」那說話的聲音輕柔而堅定，反反覆覆在耳邊安慰著他。那游移的指尖乾燥而溫暖，為他抹去了黏稠的液體，撫平了眉間的褶皺。

他就像是一個受了驚嚇的孩子，拚命想要抓住些什麼。在徹底昏厥過去之前，他依稀記得自己抓住了那一片豔麗的紅色。

抓住了！

哪怕是死了，也絕不鬆手……

太淵睜開了眼睛。

他第一眼看到的，是紅色綢紗包裹著的纖細手腕，自己抓握的位置下泛出一片微紅。視線慢慢上移，他看到了那雙帶著歉疚神情的明亮眼眸。

「太淵。」平時清甜婉約的聲音有些低沉，「你好些了嗎？」

是紅綃……

他說不清，自己心中那一瞬的失落從何而來。

「我昏睡了多久？」他不自在地鬆開手，轉而覆到了自己臉上。

「好幾日了。」紅綃猶豫了一下，「你被帝君傷得很重，需要好好靜養。」

「父皇……」他想起來了，當日在大殿上，父皇饒了自己的性命，可是把自己丟到了天雷坪。

萬雷焚身！

「紅綃！」他再次抓住了紅綃的手腕，急切地說道，「妳沒事吧？」

「我？」紅綃一愣，「我沒有事，我怎麼會有事呢？」

「對了，妳不會有事的，父皇他對妳……」太淵的目光又一次黯然了下來，「不管怎樣，還是要多謝妳了。」

「太淵，你是不是在怨我？」紅綃以為他是在說反話。

「沒有。」太淵目光複雜地看著她，「妳也用不著感到內疚，這一切不能怪妳。何況妳為我冒了這麼大的危險，我永遠也不會忘的！」

他的視線掃過了那件豔紅色的紗衣，心裡像被火燒過一樣地痛。

「我不明白……」紅綃一臉迷茫，「你到底……」

「妳不用再說了。」太淵神情平和地說著：「妳不用擔心我，我已經想通了。這些天來妳也一定累了，去休息一下吧。」

「太淵……」原本還想說些什麼的紅綃，在觸及到太淵的目光時，不知道為什麼心中一寒，只能順著他回答，「你也好好休息。」

在紅綃站起身來的時候，太淵問了一句，「紅綃，妳是不是心甘情願，等著嫁給我父皇了呢？」

紅綃別過臉，微微地點了點頭：「帝君能看上我，本是我的福氣。」

「是嗎？」太淵掃過站立在一旁的侍官，換了一個隱晦的說法，「那他呢？妳也不覺得傷心了？」

「我記得我跟你說過，那天過後，我已經徹底死心了。」紅綃轉過身，不讓別人看見自己臉上的表情，「既然他說得那麼明白，我想得再多，也只是和自己過不去，有什麼意義呢？」

「他不會同意的。」太淵提高了音量，「他一定會出手阻止！」

「七皇子，是你高看我了，紅綃承受不起。」從太淵的角度望過去，紅綃彎起了嘴角，「可你是這樣，不代表別人心裡的看法，都會和你一樣。」

「不，他不會讓妳嫁給別人。」

「他此刻身在千水。」紅綃苦笑了一聲，「七皇子若是不信，大可當面向他求證。」

太淵愣住了，腦子裡只想著，他來了……

「七皇子別多想了，保重身體要緊。紅綃先告退了。」紅綃屈膝行禮，朝外走了出去。

走到門邊，她幽怨地留下了一句，「七皇子，我從來沒有見過，他曾對任何人有對你一半的好。」

熾翼站在太淵的花圃邊，或者說，曾經是太淵花圃的地方。

在他的記憶裡，這片不大的地方種滿植物，被太淵精心呵護著。可是如今這裡雜草叢生，一看就知道長久無人打理。

他照著記憶中的方向走去，果然看到一株雪白的蘭花孤零零地生長著。這是唯一用矮欄隔離出來的植物，看得出來受到了很好的照料，才會生長得如此繁茂。

熾翼彎下腰，輕觸雪白的花瓣，嘴邊有了一抹淡淡的笑容。

還記得多年前遞出這株蘭花，那張猶帶稚氣的容貌，浮現了怎樣的狂喜。

「太淵。」他輕輕地喊著，「你來了啊！」

「是。」一個有些虛弱的聲音回應。

「你好點了嗎？」熾翼直起身子，捂住嘴輕咳了一聲。

「多謝赤皇大人關心。」太淵表面平靜，心中卻是波瀾大起。

出了這麼大的事情，他為什麼還能像什麼事情都沒有發生過一樣？難道在他心裡，真的一點也沒有我的……和紅綃的位置嗎？

「你把它照顧得很好。」熾翼環視四周，「可是為什麼不再照顧其他花草了呢？」

「有些事，過去了就是過去了。」太淵若有似無地笑著，「照顧花木，首重心靜，我的心早已不復當初，這花不種也罷。」

「不復當初？」熾翼微微嘆息了一聲，「太淵，其實有些事是註定了的，不是你的，就不是你的。」

太淵沒有回應。

「忘了她吧。」熾翼垂下眼簾，盯著腳邊的蘭花。

「我以為……你不會說出這種話。」太淵喃喃地說，「就算所有人都會對我說這樣的話，你也不會。」

「如果今天搶走紅綃的是別人，我二話不說就幫你殺了他。」熾翼強忍著沒有回頭，他怕自己一回頭就會忍不住心軟，「別說你根本鬥不過他，紅綃原本也對你並無愛意，不如藉著這個機會，徹底做個了結也好。」

「不論說什麼，不過就是要我不再鬧事。」太淵冷冷一笑，「其實赤皇大人不用多費口舌，我知道自己身卑力薄，再堅持下去也不過是不自量力。」

熾翼皺著眉，「太淵，你知道我不是……」

「赤皇大人請放心，太淵不會破壞赤皇讓水火兩族結盟的心願。」太淵在衣袖中握緊了拳頭，語氣卻是恭恭敬敬，「紅綃公主捨命闖入天雷坪救我，我又怎麼能辜負她的一番苦心？」

「天雷坪？」熾翼一愣，「那是……」

「赤皇大人保重，太淵告退了。」太淵挽袖行禮，轉身就走。

「太淵！」熾翼急忙轉身，朝著他的背影喊道，「天下美人無數，為什麼非紅綃不可？不如我幫你另覓佳偶，我保證……」

「不勞赤皇大人費心！」太淵沒有回頭，挺直的脊背帶著壓抑的悲傷，「赤皇大人對太淵的關切之情，太淵永世不忘。赤皇大人身分高貴，太淵不過是無用後輩，不配大人垂青，還請大人從今往後不要再對太淵另眼相看，徒然讓太淵惶恐不安。太淵就此謝過了！」

不等熾翼開口，他昂首闊步地走開。

連熾翼也說出這種話來……什麼叫作就此算了？平時看起來對自己珍愛有加的人，居然也是如此！

熾翼，我們曾經那麼親密，一言一笑之間就能知悉對方的心意，現在居然連你也……

我以為你懂我，以為只有你才懂我！可我錯了……你始終都看不起我，你覺得我懦弱無能，不堪一擊！

都是假的，所有人都在踐踏我！只有權力，只有得到了至高無上的權力，才能擁有一切！

什麼叫作鬥不過？所有被奪取的東西，我都要得回來，哪怕是要犧牲一切，我也在所不惜！

我不能沉默了！不能忍讓了！不能失去了！不能再得不到了！再也不！

我會讓所有人知道，太淵不是卑微無用的「七皇子」！終有一日！熾翼，你終有一日會看到的！山川河流、日月星辰，世間一切眾生都要跪拜在我腳下。只要我想，我也可以和你一樣肋生雙翼，翱翔九天，你等著看吧！

眼前的一切有些扭曲，連腳下的道路都開始歪斜，太淵的嘴角，卻始終掛著微笑。

「太淵……」望著太淵遠去的背影，熾翼的心裡生出了一絲慌張。終究傷了他的心……太淵，我不是有意要傷你，只是到了這個地步，一切已成定局，還能做什麼呢？

我好不容易保住你的性命，不希望再看見你受到任何傷害。就當是我虧欠了你，要是我沒有為你決定這段婚事，你又怎麼會像今天這樣傷心？

就算你怨我不明白你的痛苦，但是在我心裡，沒有什麼比得上你的性命要緊。只要你平安無事地活著，總有一天會把紅綃忘了，總有一天你會遇上需要珍惜愛護一世的人。

這世上的一切，總不會盡如人意。我不希望你被這段感情束縛，就像我被身上的責任束縛一樣。我只能為你做到這些，其他的，我做不到……

熾翼彎下腰，發出重重的咳聲。

「熾翼，你還好吧？」耳邊傳來奇練的聲音。

「我沒事。」他推開奇練的扶持，擦去了唇邊咳出的血漬。

奇練嘆了口氣，「唉，太淵這孩子實在太不懂事，你為了救他傷成這副樣子，他居然還對你出言不遜。」

「不礙事，我不怪他。」熾翼搖了搖頭，目光重新對上那株蘭花。

「我會好好和他說說，省得他誤會你的一番苦心。」

「不用。」熾翼一把拉住奇練，「不必和他多說什麼，就讓他一個人慢慢想通吧。」

「總要讓他知道，捨命救了他的人是你啊！」

「說了又如何？這件事沒有幾人知道，而且事關帝君顏面，也不會有人多嘴，正好就此打住。反正太淵和我之間，不可能像以前一樣毫無芥蒂了。」熾翼一笑，「這樣倒好，我不希望他對紅綃因愛生恨，畢竟他還要在這裡生活下去。對紅綃心懷感激，或許能讓一切變得順利。」

「我是怕他不肯死心。太淵他什麼都好，就是太過執著。」

「遇到這種事，誰能說放就放？何況他愛著紅綃。」熾翼的語氣之中，帶著無奈，「我最怕他口是心非放不下，可是這一點，我再怎麼也幫不了他。」

「你不用自責，畢竟沒人想到事情會變成今天這種尷尬的局面。」奇練鬱悶地說：「你放心，我會慢慢勸導他。太淵是個溫順貼心的孩子，他會想通的。」

「希望吧！」話雖如此，他的心裡，始終有著無法舒解的焦躁。

熾翼突然彎下腰，在奇練詫異的目光中，將那株蘭花連著根從泥土中取了出來。

「恐怕從今天開始，短期內沒有人會照料它了。」看著奇練驚愕的樣子，他微笑回答，「不如讓我把它帶回棲梧，也不枉太淵費心照顧它幾百年。」

奇練若有所思，「你對太淵……實在是好得出奇。」

熾翼只是看著手中的蘭花，根本沒有注意他在說什麼。

「難不成……」奇練看了看他，還是沒有說下去。

一切都是為了太淵，這麼奇怪的立場……按照熾翼以往的作風，怎麼會為了這種無礙大局的小事優柔寡斷，煞費苦心？就算太淵是他的親友，這樣的關心和呵護也早已超出常情。

熾翼雖然一向任意妄為，從沒有像這次一樣不顧後果。為了保住太淵的性命，他非但身受天雷之擊，還主動挑釁父皇，不惜重傷，也要逼得父皇沒有藉口再殺太淵。

失去萬年的修為，對熾翼來說，非但於身體是嚴重至極的損傷，更可能是無法預料的變數。

難不成……讓這個狂傲無心的赤皇不顧自己拚命維護的，會是某種無法訴諸言語的隱晦情感？

可能嗎？他不是別人，他是九天之上的鳳中王者，無人可以與之比翼的赤皇……

「等太淵氣消了，我就把這蘭花還給他。」說到太淵，熾翼的眉眼中帶著一絲寵溺，「到了那個時候，那個傻小子一定會很開心吧！」

奇練的心突然一陣急跳。

沒有理由地，突然覺得一切即將天翻地覆地改變。

不祥之至……

3

在看似平靜的氣氛下，水族帝君共工的封后大典如期舉行。穿著代表火族最為尊貴的紅色嫁裳，火族公主紅綃，嫁給了水族帝君共工。

紅色紗衣上繡著火紅鳳凰，白色皇袍上繡著飛騰金龍，對比強烈的紅與白，代表了世間最強盛的兩大神族，最強大的兩股力量。

太淵並沒有看得太久，但是這驚鴻一瞥已經深深烙印在他的心裡。而這一幕，在今後的千萬年，總不時地交替浮現在他眼前。

水族帝后走過的時候，七皇子太淵和所有人一樣為了表示尊敬，低下了頭。他看到了自己天青色的衣服。

水族最為尊崇的顏色是白色，除了純血龍族，只有法力可以和共工比肩的寒華，才有資格穿著全白的衣飾。就是說，如果出身不夠高貴，那麼就要擁有足夠的力量。

他太淵既不是純血龍族，也不是活了千萬年，擁有高深法力的寒華，所以，他沒有權利穿著白色的衣物！

其實這也沒什麼，他根本不喜歡白色，那種刺眼的顏色，與其說高貴純淨，不如說是悲哀可笑。

掩藏欲望的奇練、眼高於頂的孤虹、冰冷麻木的寒華，還有那個暴戾剛愎的共工，只有這些人，才適合幼稚可悲的白色。

他不是！

無論未來如何，他還是會穿著這種穿慣了的顏色，他的衣服上，也不需要華麗的龍形。他要別人記住的，不是身分和地位，而是他本身。

不是純血又如何？法力不高又如何？這種東西根本就不重要！就算他只是半龍，就算他法力低微，但是他是太淵，這就足夠了！

現在用憐憫或者嘲諷的眼神看著他的，總有一天都會追悔莫及！

禮成時，階下眾人跪下叩拜。

那一刻，跪下的太淵在心裡起誓：現在我雖然卑微地順從，但總有一天，我要讓這天地匍匐在我腳下。我要讓這些人清清楚楚地看到，誰才是天地間最強的神祇。

這不是愚不可及的痴想！只要太淵想要做到的，他就能做到，從來就是如此，不論花費多久的時間，不論付出怎樣的代價……

「太淵。」

紅色紗衣出現眼前，讓太淵的心不可抑制地狂跳，卻在聽見這個聲音的時候，又恢復了一片冰冷。

「腿麻了嗎？」說話的聲音帶著他熟悉的親暱，扶他起來的手掌和記憶中一樣溫熱。

但是到了這個時候，什麼都已經不一樣了，為什麼這個人還能和過去一模一樣？在這個人的心裡，根本不覺得發生了嚴重的事情。

這個人會說，無妨，失去就再找一個好了。

這個人毫不留情地殺了深愛著自己的人，然後轉身就徹底忘了。

回舞痴戀他千年，得來的就是這樣的下場。這顆心，果然像火一樣炙熱，也像火一樣無情。

「多謝赤皇大人。」太淵垂著頭，低聲道謝。

「你累了吧，我扶你回去休息。」

太淵這才發現，儀式不知何時已經結束，大殿空空蕩蕩，連說話的回聲也能聽得清清楚楚。

「赤皇大人，夜宴就要開始了。」身邊的隨侍盡責地提醒。

太淵甚至能想像得出，接下來的那句會是「何必為了這個可憐的傢伙，掃了您的興致」。

「赤皇大人，您不必……」太淵還沒有說完，就被打斷了。

「我要送七皇子回去休息。」熾翼對隨侍這樣吩咐，「你們不用跟來。」

還沒有回過神，已經被熾翼拉著出了大殿。

「我們要去哪裡？」被拉著坐上火鳳飛到天上，太淵沒有絲毫抗拒，只是靜靜地問。

「去一個沒有別人的地方。」熾翼站在他的前面，一隻手緊緊地反握住他，駕馭火鳳在濃密的水霧之中穿行。

太淵看著他烏黑的頭髮，聞著他身上獨有的氣味，腦子有些無法運轉。

不知過了多久，霧氣變得淺薄，月光明亮了起來。在他們眼前，出現了高峻的山峰。

那是，雲夢山。

火鳳降落在雲夢山山腳，縱是不能飛行，熾翼還是拉著太淵，一直跑到山巔。

「赤皇大人。」太淵有些氣喘地喊著。

「以後沒有人在的時候，就喊我熾翼吧！」熾翼回過頭來看著他。

粲然而笑的熾翼，眼睛比天河的明星還要閃亮。

「熾……赤皇大人。」太淵掙開了他的手，後退的時候腳下一滑。

山巔只容數人立足，要是熾翼沒有眼明手快地抓住他，他差點就摔落山下去了。

「太淵。」熾翼順勢把他拉到自己懷裡，「小心一點。」

「赤皇大人。」太淵平視著和自己一般高矮的熾翼，「我還以為，我曾對您說過了，太淵不值得您費心關愛。」

熾翼的臉離得太近，近到呼吸可聞，太淵還是受到了影響。他說出這句話的時候遠不如當初有力，聽起來甚至像在撒嬌鬧脾氣。

至少，熾翼刻意把這聽成了撒嬌鬧脾氣。

「好了，這麼久了，你還在氣嗎？」熾翼笑著用雙手環住他，「不要再生氣了好不好？」

太淵躲著他，拚命地躲，用力地躲。

起初熾翼還以為不至於如此嚴重，直到無數次被那個傻小子冷淡地拒於千里，他才意識到，恐怕不是兩天三天可以化解這種隔閡了。

「赤皇大人不要取笑我了，您一呼百應，怎麼會在意這種小事？」

「太淵。」熾翼看到了他眼中的自嘲，笑容再也掛不住，雙手用力抱緊太淵，「不許這麼笑！」

「赤皇大人……」太淵有些愣然。

火紅的鳳羽摩挲著他的臉頰，熾翼的力氣把他抱得發痛。

「你哭啊！」熾翼溫醇的聲音似乎有著某種魔力，在太淵耳邊輕輕說著，「這裡沒有其他人，太淵，你可以哭的。」

方才看到太淵落寞地強顏歡笑，他覺得似乎有什麼刺痛了自己的心，先是尖銳地痛了一下，然後慢慢擴散到整個身體，直到此刻依然隱隱作痛。

「哭？」太淵搖了搖頭，那讓他的臉頰和熾翼頰邊的鳳羽來回廝磨，「我不想哭。」

「別騙我。」熾翼沒有指責，而是哄騙一般地說道，「你想哭的。」

「不，我不想。」太淵平靜地回應。

「是不是我的錯？我不該讓你遇見紅綃的，對不對？」熾翼閉上了眼睛，「太淵，我不想看到你這麼傷心。」

「我不是你的責任。」太淵甚至不明白自己為什麼這麼說，「你的責任是火族，既然只要聯姻，紅綃嫁給父皇豈不更好？」

熾翼渾身一僵，鬆開了環抱的雙手。他看著那雙琥珀色的眼睛，一隻手撫上太淵的臉頰。

「你告訴我，我該拿你怎麼辦？」熾翼喃喃地說：「為什麼會變成這樣呢？」

「我已經想通了。」太淵移開目光，不再對著那雙可以沉溺一切的烏黑眼眸，那會讓他想到另一雙相似的眼睛，「您不用再為我擔心。」

「你有多死心眼，難道我還不知道？」熾翼托住他的下巴，讓他的臉對著自己，「你要是會自己想通，那才真的奇怪。」

「你不是讓我放棄嗎？我就放棄了。」太淵一個字一個字地說著。

「把她忘了吧！她配不上你。」熾翼的手沿著他憔悴蒼白的輪廓移動，眼睛裡寫著不捨，「她不值得你這麼傷心。我的太淵，值得最好的人來愛。」

太淵覺得自己的心跳一停。

我的……他說，我的太淵……

熾翼的身上時刻都有一種炙熱的氣息，比起天生溫涼的水族，熾翼更像是活生生的、無比真實和強烈的存在。熾翼的血管裡面，流淌著的是火焰，足以焚燒一切的紅蓮火焰。所以一靠近他，就會產生這種燒灼昏沉的痛感……

「太淵，我和紅綃，誰對你更好？」熾翼目光朦朧，笑著問他，「是我對不對？」

心中的堅持突然之間有些動搖起來，因為熾翼的笑……

看著太淵有些呆滯的模樣，熾翼笑得越發開心起來。

「太淵是世上最好的，什麼人都比不上。」他再接再勵，一心要把紅綃從太淵的心裡徹底地趕走，「這麼可愛，這麼溫柔，這麼體貼，像水一樣的太淵……我的……」

說著說著，熾翼自己都漸漸迷茫起來，聲音也漸漸低了下去。

原來，在自己的心裡，太淵竟是這麼好的……

兩個人原本就離得很近，太淵的頰邊覆著他的掌心，琥珀色的眼睛裡，能清清楚楚地看到他的倒影。他就像為了看清楚自己的樣子，慢慢地靠近，慢慢地靠近……直到微側過頭，豔紅的唇輕輕地碰到了同樣柔軟的觸感。

一瞬間的接觸，那陌生的感覺讓兩人同時受到了驚嚇。熾翼稍稍退開以後，卻忍不住再次前傾。太淵想往後仰，卻被一隻有力的手扣住了腦後。

只是一下，就一下……

輕觸，退離，追逐……然後，是天翻地覆的交纏。火熱的唇舌挑出了深藏的禁忌，心中的貪婪讓一切失去了控制。

雲夢山的山巔，皎潔的月光下，熾翼吻了太淵。

很久以後，他的手最終從太淵的腦後滑落下來，攬在頸側。指尖下，是太淵失速的脈動。他的心，也絲毫不遜地狂烈跳著。他們相互倚靠在對方的肩上，慢慢等待這種令人疼痛的速度減緩下來。

咽喉裡還有著淡淡的血腥，不知剛才在撕扯中，是誰咬傷了誰……

許久，沒有人說話。

「啊！」驟來的疼痛讓太淵迅速回神。

熾翼抬起了頭，唇邊還有鮮豔的血跡。太淵肩膀的同一個地方，又一次地被熾翼咬得鮮血淋漓。

但是太淵毫不在意，因為盯著他，爾後拉起他的衣袖擦拭嘴唇的熾翼，在月色下足以令任何人為之瘋狂。

「太淵，回去吧！」眼中光華流轉的熾翼，卻以平靜的語調對太淵說：「是時候回去了。」

容不得太淵說出任何話來，熾翼轉身就往山下走去。太淵跟著他飛快奔走，腦袋依舊有些昏沉。

直到太淵差點被樹藤絆倒，熾翼才拉著他的手，一路加速衝下了山。一路上，熾翼沒有回頭看過太淵一眼。就算乘著火鳳返回千水之城，他也始終站在太淵的身前不言不語。

熾翼在慌張！

是的，慌張！這個從未在他長久生命中出現過的情緒，現在清楚分明地寫在他的心裡。他是因為慌張才咬了太淵的肩膀，那個時候要是不做點什麼，他怕自己會做出可怕的事情。

火族赤皇情不自禁地殺了水族七皇子，比之火族赤皇情不自禁地吻了水族七皇子，是兩件絕對不能相提並論的事情。

前者至多讓他暴躁狂妄的名聲更為響亮，後者可能導致的影響則完全無法估量。

他怕自己念頭一轉，會引動殺機。

他一路不敢去看太淵，生怕自己的慌張已經控制不住地形於神色，更怕自己一時意動，會出手殺了他。

吻了太淵，只是一時糊塗，畢竟今夜月色很好，雲夢山上景色絕佳。就算他再怎麼心無邪念，總也有腦子糊塗的時候。只是一時控制不住，由憐生……不是！不是愛，只是憐惜他！

太淵是個很好的孩子，因為憐惜他，才會……才會吻他……

熾翼的臉色如同風雨欲來。這麼爛的藉口，連他自己也騙不下去，這種出格的行為，讓他手足無措。

這一切完全是在神智清醒的情況之下，由他一手主導而成，況且對方不是千嬌百媚、風情萬種的女性，而是一個不嫵媚不誘人，沒有半點風情的男性……不，對於他來說，太淵根本還是一個剛剛成年的孩子。

到底是染了什麼瘋病，居然對太淵做出這樣的事？

太淵知道，熾翼情緒不穩，因為他手上的力道時緊時鬆。

肩膀有點痛……一想到肩膀上被咬的這一口，他就想到了上次的傷口。

牙印結成了淡淡的傷疤，每次換衣沐浴都能清楚地看到。

那天，熾翼沒有直接治癒傷口，而是用了最奇怪的方法，把傷口包紮了起來。是因為無力施用最簡單的法術，還是熾翼為了提醒自己，所以留下了這個疤痕？這一點，太淵始終沒有弄清。

但是後來，他還是沒有使用任何辦法，消去那個一看就知道是咬痕的傷疤。

反正也不是明顯的部位，就留著好了……

一路上，太淵反反覆覆想著無關緊要的細碎小事，克制著不要回想剛才那令人發狂的一幕。

唇舌接觸間，就像一把火燒了過來，讓他心中潛藏著的本性無所遁形。

那是一種噬血的衝動，想要撕裂對方、吞吃入腹的衝動。想要乾乾淨淨，一根骨頭都不剩地吃了他。

所以，不能想……

兩個人就這麼前後站著，一句話也沒說。

不長不短的路程，似乎變得漫長難熬，也似乎轉瞬即逝。雖然各自轉過了無數念頭，但也許是太過緊張，直到回到千水之城，他們的手，還是牢牢握著沒有放開。

「熾翼！」千水之城內，太淵還是叫住了一落地就要離開的熾翼。

火紅的身影腳步一頓，轉頭說道：「太淵，天色將明，快回去休息吧。」

「我……」

不等太淵說完，熾翼就匆匆離去了。

太淵低頭想了一想，覺得腦袋裡越發混亂。只要一遇到熾翼，好像所有的事情都會失去控制。

「是赤皇嗎？」

熾翼緩步穿過環繞著千水之城的長廊時，聽到有人叫他。回過頭，昏暗的長廊裡，一雙溫柔如水的眼眸正望著自己。

黎明時分，孤身一人的碧漪撥開茫茫水汽，朝他走來。一襲華麗衣冠，一身珠翠環繞，不過再怎麼精心的裝扮，也遮不住她的憔悴之色。

「帝后。」熾翼一愣，欠身回禮。

碧漪咬了咬嘴唇，「聽說你帶著太淵出城，是太淵又去煩你了吧。」

「不，這是……我只是……」熾翼不知為何顯得拘謹，生硬地轉了話題，「帝后昨夜一宿未眠？」

「到了這個時候，又有誰會在乎我睡不睡覺這種小事？」

在熾翼眼裡，眼前苦笑的碧漪，和笑得酸楚的太淵，突然重疊到了一起。

「碧漪……」

碧漪猛地抬頭。

多少年了，她多少年沒有聽到自己的名字從這個人嘴裡說出來了？是碧漪！不是帝后，只是碧漪！

「我早就想問妳，只是一直沒有機會。」熾翼轉過身，面對著長廊外一望無際的東海，輕聲地問，「碧漪，這些年來，妳過得可好？」

「我還以為，你根本不在意。」碧漪望著他俊美的側面，語氣難免帶上了哀怨，「我還以為，你為了當年的事，一生也不會原諒我了。」

「都過去了。」熾翼輕輕一笑，「其實，當年我也有錯，要不是我舉止輕佻，又怎麼會造成那場誤會。」

碧漪低下頭，沉默了許久才問，「你真的覺得，那只是一場誤會？」

「當然了。」熾翼遠望著，有些走神，「不然，我怎麼可能做出那樣的事？」

「你還記得嗎？」碧漪的聲音像是從遠處傳來，「我們第一次見面，也是在這裡。」

熾翼點了點頭。

「你穿了一件火紅的衣服，也是這樣站著。」碧漪深深地望著他，「紅色，在水族是忌色。我看到你的時候，真是嚇了一跳。」

「我並不知道水族的帝后叫作碧漪，看到那樣的裝扮，自然把你當作宮裡的女官了。」熾翼淡淡地說，「我沒有想過身分高貴的水族帝后，會穿著布衣獨自遊蕩。」

「我不是有心瞞你。」碧漪急切地解釋，「我只是……」

「有心如何，無心又如何？」熾翼終於回頭來看她，「碧漪，妳是水族帝后，我是火族赤皇，這是無法更改的事實。」

「如果……我是說如果。」碧漪問他，「如果我只是一個小小的女官，你會不會……會不會帶我走，讓我留在你身邊？」

「我……」熾翼猶豫了一下，「我不知道。這種事，是不能假設的。」

他本來想說的並非如此，但是不知為什麼，碧漪憔悴哀傷的樣子，總是讓他聯想到太淵。那些無情的話，到了嘴邊都說不出來。

不能這樣下去了。

「碧漪，我和妳……」

話還沒有說完，碧漪就往他懷裡撲來。

「我就知道，你對我不是沒有感情。」碧漪幾近無聲地說著。

「碧漪，妳做什麼？」熾翼皺起了眉，「萬一被人看見……」

碧漪在他胸前抬起了頭，「熾翼，我對你的感情，從沒有改變。我從來都不想當帝后，我朝思暮想的，只是和你日夜相守。」

「別說傻話。」熾翼扶著她的肩膀，暗暗使勁推開她，「妳也知道，那是不可能的。」

「為了你，我可以捨棄一切。」碧漪認真地說，「地位、名譽，我什麼都不要！我只要你！」

熾翼正要喝止她，卻因為她堅決的神情一愣。

他聽到自己的聲音在問，「妳說，妳會為我捨棄一切？」

碧漪堅定地點了點頭。

「傻瓜！」熾翼蹙起眉頭，「沒有什麼值得妳捨棄一切。」

「若是為你，不論什麼都值得。」

熾翼沒有答話，他的指尖游移著，從肩膀移到碧漪的臉龐，撫過了眉和眼，滑過了鼻梁，最後停在唇上。

那個吻，來得那麼突然，也來得那麼激狂熱烈。碧漪有生以來，從沒有被人這麼吻過，何況吻她的人，正是她戀慕了多年的熾翼！

也許這一次過後，永遠不會再有第二個這樣的吻。

碧漪閉起眼睛，環上了熾翼的頸項，任憑燒灼的感覺席捲全身。

東海邊，晨風拂開迷霧，熾翼半掩的眼眸水光瀲灩，這雙眼睛，正凝望著碧漪……

太淵靠在廊柱上，閉著眼睛深吸了口氣。

居然在共工的千水之城內，和他的妻子做出這樣的舉動！能讓熾翼如此不顧一切，他對碧漪的愛……感情……很深吧！

有多深？有沒有深到……不惜一切？

鬆開碧漪，熾翼立刻轉身。

「熾……」

「對不起。」熾翼丟下這句話，匆匆忙忙地走了。

碧漪身子一軟，坐倒在迴廊的扶手上。她顫抖地撫上自己的嘴唇，熾翼的氣息還殘留在那裡，可目光裡，熾翼的背影已經不在。

「母后。」溫和的聲音在身後響起。

她猛地一驚，飛快回過了頭。

「母后。」

她唯一的兒子站在她的身後，向來柔和的目光裡，帶著深切的憂慮。

「太淵，你……你看到了……」碧漪面色慘白。

太淵看了她很久，然後輕輕地嘆了口氣，點了點頭。

剛才，我為什麼會吻碧漪？那個時候，我的眼裡看到的是誰？

我看到的不是碧漪，我是把碧漪看成了……

不！不可能的！

飛快行走著的熾翼忽然停了下來，他低下頭，紅色的微光從他右手尾指透過皮膚滲了出來。

「赤皇。」冰冷的聲音傳來。

熾翼抬起頭，他的眼前站著一個身穿白衣的男人。眉髮烏黑，目光銳利，冷峻的容貌幾乎沒有表情，這是一個比冰雪還要寒冷無數倍的男人。

這個男人非但法力高深，更是那個猜忌心極強的共工都極為倚重的人，不能在他面前失態。

「寒華。」熾翼右手一攏，強迫自己鎮定心神。

寒華的目光掃過，冷漠地說：「你傷得很重，至少折損了萬年的修為。」

「這句話你已經說過一次了。」熾翼雙手背到身後。

「值得嗎？」寒華一如千百年來的模樣，除了漠然，再沒有其他的情緒。

「不值得。」熾翼挑了挑眉，毫不在意地說，「可是我願意。」

「我以為，這對你沒有好處。」寒華想了想，「半點好處都沒有。」

熾翼的回答，只是狂傲一笑。只有他自己知道，這一笑有多麼牽強。

寒華的意思，何止字面上這麼簡單。

寒華本是天地寒氣蘊育成形，幾乎沒有情緒波動，看待事物往往比其他人更冷靜透澈。

按熾翼的理解，這句話的意思應該是：「你為了一個無關輕重的太淵，寧願折損萬年修行，從任何方面來看皆無益處，我認為你不像會做這種事情的人。」

所有人都認為他任性慣了，救太淵不過是為了和共工作對，但寒華顯然起了懷疑。

和寒華因天性而來的冷漠不同，他大起大落的激狂性格，那種令人捉摸不透的情緒變化，是源於他難以完全掌控的力量。

要學會控制紅蓮之火，首先要懂得如何控制自己的情緒。他看來狂傲激烈，其實都抑制在底線之內，某種程度來說，他甚至比其他人更為自律和節制。

而在天雷坪上，他的身體第一次比頭腦更快地做出了反應。

要是有足夠的時間考慮，要是再來一次，他又會怎麼做？

就算有足夠的時間思考，就算是再來一次，他……他還是會衝過去，把太淵護在身下的。只是折損一萬年的修為，就能換得太淵的性命，他心甘情願。

意識到自己在想些什麼，熾翼的心一顫。

「我今天就回棲梧。」他下意識脫口而出。

寒華又看了看他，一言不發地走了。

熾翼在原地站了半晌，一抬手，一道紅光直入天際。

「赤皇大人。」不過片刻，隨侍就已趕到。

「準備一下，立刻返回棲梧城。」

這不合禮數，但是這種時候，哪裡還顧得上那麼多？

熾翼再次強調，「我是說，立刻！」

4

太淵從椅子上起身，站在窗口遠眺著外城方向。

「皇兄，今天城裡好似特別安靜？」

「今天有貴客要來，父皇一早吩咐下來，任何人不得隨意在外城走動。」埋首在卷軸中的奇練頭也不抬地回答。

「貴客？」太淵詫異地問，「什麼貴客？」

「對了，太淵還不知道。」奇練終於抬起了頭，「是北鎮師大人來了。」

「你是說四方鎮師的北鎮師青鱗？」太淵更是訝異了，「他不是從來不離開北海領地，怎麼會來千水？」

「應該是專程來見父皇。」奇練不以為意地回答，「北鎮師向來不見生人，所以父皇才特意吩咐，省得壞了他的心情。」

「皇兄，我一直很好奇。」太淵問，「就算他統御四方鎮師，執掌水族八方界陣，終究是我水族的屬臣，為什麼父皇對他如此禮遇？」

「北鎮師青鱗可不是你想的那麼簡單，他大有來歷。」奇練走到太淵身邊，和他一起朝外看去，「他是遠古虛無之神的直系後裔，九鰭青鱗一族的族長。他們這一族精通各種早已失傳的陣法，若非幾乎被火族盡滅，也不會甘願依附在我水族治下。」

「陣法？可是古書上提到的那些虛無陣法？」太淵目光一亮。

「是的，父皇所看重的正是這一點。」奇練點了點頭，「北鎮師法力雖然算不上絕頂高強，但是單論列陣，他絕對稱得上舉世無雙。特別是虛無之陣，據說奧妙無窮，神祕至極。」

「嗯……」太淵若有所思地應了一聲。

「別說是你，就是我也沒見過這位北鎮師，只是曾聽父皇提起。」奇練好像有了談興，「說起來，北鎮師和你的赤皇大人可是死對頭！」

「赤皇？」聽到這個名字，太淵微微瞇起眼睛。

「是啊！」奇練笑了笑，「他們本就是天敵，北鎮師目不能視，也是因為當年被熾翼傷了雙眼。北鎮師出了名地睚眥必報，何況是這種不共戴天的仇隙。他這次來，恐怕也是知悉父皇娶了祝融的女兒，特意前來探聽口風。」

「北鎮師……」

「對了太淵，聽說帝后身體不適，現在是否好些了？」奇練問他：「帝后的身體向來很好，怎麼突然說病就病？」

「母后她……」太淵輕聲嘆了口氣，「母后只是心裡不大舒服，也許過上一段時日，就會慢慢好轉了。」

看到太淵透著尷尬的微笑，奇練點頭應是，覺得自己實在失言了。

「蒼王他……在不在千水？」

「回北鎮師大人，蒼王大人此刻應該是在內城之中。」亦步亦趨的侍官長立刻答道，「北鎮師大人可是要見蒼王？」

被稱作北鎮師的青鱗聞言，直覺地摸了摸自己被完全遮擋著的眼睛。

「不用了，我只是隨便問問。沒你們的事了，先退下吧。」他一拂衣袖。

「北鎮師大人！」侍官長被他的要求嚇了一跳。

「怎麼？」青鱗不耐煩地說道，「你們一刻不停地跟著，是怕我偷東西？」

「北鎮師大人切莫誤會！」侍官長急忙解釋，「大人第一次來訪千水，帝君擔憂您不熟悉環境，才讓我等跟隨伺候。」

「我雖然瞎了，還沒有到這麼不中用的地步。」用錦帶掩去雙目的青鱗冷冷一哂，「下去，不要讓我說第三遍。」

侍官長雖然感到為難，但還是不敢違背他的意思，「若是大人有何需要，只需大聲召喚我等即可。」

青鱗也不管他們，自顧自地大步離去。

藉著異常敏銳的聽覺，走到一處地方時，他遠遠就聽到有人提到了自己的名字。幾乎沒有多想，他往一旁走了幾步，自袖中取出一把玉劍，擲往地面。

一線微光閃過，青鱗的身影化實為虛，消失在這條白玉鋪成的小徑上。

不多時，說話聲漸漸近了。

「皇兄。」一個溫和的聲音在說，「你這麼說，未免有些過激了，再怎麼說，那位青鱗大人也是父皇的貴客。」

「你說北鎮師？」另一個人的聲音清冷動聽，卻帶著異常的狂傲，「他算什麼東西，一條不入流的看門狗也配這麼大搖大擺地出入千水之城？我們水族的臉面，就是被這些底下人給敗了精光，害我成天要被那隻爛鳥奚落。」

「這……」先前說話的那人顯然是不知道該怎麼回話才好，「皇兄，這樣說，不大好吧……」

「太淵，別忘了你的身分，你雖然不像我是純血的皇子，但總是父皇的兒子，比起那些不知哪裡來的東西高貴得多了。」那個狂傲的男人語氣中充滿不屑，「不要總是唯唯諾諾的，一點氣勢都沒有。你就是因為這樣，才會落得今天這麼可悲的下場。」

「皇兄教訓得極是。」相比之下，另一個人簡直就是沒有絲毫脾氣，就算受到這樣的奚落，也只是語氣有些黯然，「太淵記住了。」

「我想也是。」那人的聲調又是一變，輕柔卻帶著危險，「太淵啊！你這傢伙不是我們中最沒用的一個，就是最可怕的一個。你倒是和我說說，你怎麼準備化解心裡的怨恨呢？」

「皇兄又在取笑我了。」被稱作「太淵」的那人苦笑著回答，「等過段時間，我就去向父皇請求，把我封往邊野。」

「哦？真的？」

「是啊！事情到了這個地步，我留在這裡也沒有什麼意思了。」

「你這一手，倒是出乎意料……」

聲音漸漸遠去，慢慢也就聽不清楚了。和剛才同樣的微弱光芒閃過，青鱗的身影又一次出現在原先消失的地方。手一招，玉劍飛回了袖中。

他在微笑，嘴角上揚，那是一個狠厲的微笑。若是有熟知他性格的人看到，就一定知道，他此刻已經是滿腹的怒火。

「皇子……」

剛才自界陣外走過的人，那個目中無人的狂徒……純血的皇子，是共工的嫡子，那麼只有……不管你是誰，我會讓你知道，我青鱗到底是個「什麼東西」！

「你是太淵？」青鱗突然提高了聲音。

「果然是瞞不過北鎮師大人。」剛才經過的人之一，那個聲音溫和的人緩緩地從青鱗身後走了過來，「共工七子太淵，見過北鎮師青鱗大人。」

「你怎麼會知道我就在一旁？」青鱗側過頭，專心地等著回答。

「大人方才所布下的，是用來隱匿身形的陣法，這種法術原本並不複雜，也很難瞞得過法力高強的對手。但布下這個陣式的，是北鎮師大人您。」太淵說到這裡停下，等著青鱗的反應。

「說下去。」青鱗轉過了身來，「是我布下的又怎麼樣？」

「北鎮師大人精通陣法之術，要布下一個瞞得過我父皇的陣式也是不難。」太淵語中帶笑，「時間倉促，大人還是能巧妙地利用地勢彌補了陣力的不足。當今世上，能做到這一點的，除了您，怕是再沒有別人了。」

「你這張嘴倒是夠甜。」青鱗輕輕一笑，「不過，我還是沒有瞞過你啊！這麼看來，你豈非比我要高明得多了？」

「大人千萬不要這麼說。」太淵聲調惶恐，「我會知道大人就在左近，只是僥倖。」

青鱗感興趣地問：「哦？說來聽聽。」

「大人方才可是從連接外城的迴廊那裡一路散步而來？」

青鱗點頭。

「大人雙目不便，行走之時應該會靠近廊邊的欄杆，衣袖則不時拂過植在一旁的桂樹。」太淵一邊說，一邊注意著青鱗臉上的表情，「大人身上穿的衣服，應該是用北海鮫綃織染而成，這種鮫綃若是沾上了氣味，要許久才能散去。而大人布陣之時，恐怕並沒有考慮到這一點，所以沒有特意掩藏。方才我走過您的身旁，就聞到淡淡花香，走了幾步卻又不怎麼明顯，才會猜測是青鱗大人您在一旁。」

「共工的七皇子……居然這麼心細，這麼聰明。」青鱗想了一想，點頭笑道，「真是有意思！」

「其實我回頭來找大人，是想向大人賠罪。」太淵說著，就要向青鱗行禮。

「慢著！」青鱗似乎猜到了他的動作，抬手制止，「你再聰明也不關我事，何罪之有？」

「大人，我是為了……」

「如果是為了奇練，那就更不用了。」青麟打斷了他。

「大皇兄？」太淵一愣，轉瞬就用驚訝異常的口氣問道，「不知大人又是怎麼知道，方才和我一同走過的，是我皇兄……奇練呢？」

「純血皇子除了蒼王孤虹，不就只有奇練了嗎？」青麟冷哼一聲，「沒想到堂堂白王，居然也是背後說人長短的小人。」

太淵注意到他提起孤虹時，語調有些奇怪，甚至連臉上的表情都變得柔和了許多，不由得沉思起來。

這事真是蹊蹺，青麟像是認識六皇兄，卻又……

「若不是因為純血，那種人也配和孤虹同稱為王？」青麟一甩衣袖。

該怎麼回答？要不要賭一次呢？

只要能騙過青麟，那麼……

「我皇兄自幼才華出眾，難免心高氣傲，為人還是不錯的。」太淵輕嘆一聲，「雖然比起另外那位來說，或許是有些差別……」

「差別？若說和孤虹相比，恐怕是天差地遠！」

「您這樣的人物，自然不會和我們這些後輩計較。」太淵賠笑著說。

「怎麼，這是在拿話套我？」青鱗笑了笑，「我只是一個下臣，又怎麼敢拿『皇子』怎麼樣呢？」

「青鱗大人真是如傳說中一樣，是非同一般的人物呢！」太淵有些不好意思起來，「太淵又怎麼會看輕您？」

「好說。」青鱗勾著嘴角，「七皇子你才是完全令我意外的聰明人，方才奇練所說那幾句評價，也未必是毫無道理。」

太淵聞言也不急著辯解，只是笑而不答。

青鱗這個人，果然像探聽到的那樣，也許夠狡猾夠狠毒，但是自視太高。他深明利害，要借他之力應該不難。但是他為人狠絕，如果日後和他合作，一定要小心留意被他反傷。

兩人微笑相對，離得不遠，但靠得也不近。就像他們日後建立的關係，相互合作，卻又互相提防。

「青鱗大人，日後可能還要借重您。」太淵沒頭沒腦地說：「太淵年輕浮躁，還請您多加提攜。」

「那就要看看，你能做到什麼程度了。」青鱗轉身離開，「我今日就要離開千水，七皇子若有需要我為你效力之處，儘管來北海找我。」

「多謝青鱗大人，太淵近日就會登門請教。」太淵在青鱗背後一揖及地，「望青鱗大人一路順風。」

青鱗沒有停下，只是嘴角一勾。

太淵是個人物，若他真如表現出來的這麼厲害，那水火兩族必將永無寧日。不過，就算再厲害，也不過是道行淺薄的半龍，要論心狠手辣，怎麼可能會是自己的對手？只要結盟不成，誰管水火兩族會不會大亂。

九鰭青鱗一族差點盡滅赤皇之手，這個仇，可是非報不可。

看來，得償夙願之日，不再遙不可及。

南天，棲梧城。

「赤皇大人，您看……」

熾翼支著下頷，目光定定地望著窗臺。

「赤皇大人！」

他微皺了一下眉頭，目光卻沒有移動半寸。

「大人！」化雷抬高了聲音。

「下去吧。」熾翼抬眼看了過來，「我沒心思理那些小事。」

「大人，你……」化雷大著膽子問道：「可是有什麼無法排解的心事？」

「我有什麼心事？」熾翼笑了一聲，「只是這日子實在無聊，我過得沒勁罷了。」

「大人許久未去狩獵，不如趁著今日，和屬下一起去往山中盡興？」

「我沒心情，你自己去吧。」熾翼懶洋洋地拒絕了化雷的提議。

「或者，我去找些……」

「下去。」熾翼低聲說道。

「是。」化雷不敢多說，慌忙告退。

他邊往外退，邊狐疑地看著窗臺上擺的那盆花。

什麼時候開始，赤皇大人居然也會養花了？

「等一下。」熾翼突然喊住了他。

「大人有何吩咐？」化雷停了下來。

「千水的情況如何？」

「回稟大人，到目前為止，千水城依舊極為平靜。紅綃公主她……」

「我不是問她！」熾翼粗暴地打斷了他。

化雷嚇了一跳。

赤皇大人自從在千水參加完封后大典歸來，整個人似乎陷入了某種煩躁之中，不是大發雷霆，就是悶悶不樂。非但對向來熱衷的狩獵都提不起興趣，甚至連處理事務都心不在焉。

「還有一事。」化雷突然想到，「聽說七皇子近日已被水神遣往北方邊野，離開了千水之城。」

「他去了邊野？」熾翼抓住扶手，整個人往前傾，「這是誰的主意？」

「聽說是七皇子自己要求的。」

「他自己要求去那種地方？」熾翼站了起來，臉色鐵青，「他居然為了意氣，去那麼危險的地方！」

化雷猛然一震，目光轉往窗臺上那盆白花。

他記起來了，多年前他跟隨大人去往千水之時，半途離隊，最後是帶著七皇子一同回到千水的。當時七皇子手裡，就是拿著一朵這種顏色、這種樣子的蘭花。

他印象相當深刻，因為當時自己還在暗地裡搖頭，水族怎麼會有這麼一位內向怯懦的皇子。

大人他……他不會是……

「太淵！」熾翼狠狠一拳砸向桌面，但是快要碰到桌面時拳頭變得軟弱無力，最後只是輕輕抵在桌面之上，眉頭也皺了起來，「你這個傻瓜……」

「赤皇大人。」

聽到化雷的聲音，熾翼才意識到自己有多麼失態。

「大人。」化雷語氣平靜，目光卻分外犀利，「大人是我火族棟梁，太淵不過是一個備受冷落的水族皇子，兩者之別，何止天壤？」

熾翼一言不發地坐回椅子上。

「何況，大人身負延續火族命脈的重責……」

「夠了！」熾翼抬起低垂的雙目。

「大人，上位者須捨棄。」化雷心中嘆了一聲，嘴裡卻說：「您不只是熾翼，更是火族的赤皇。」

「赤皇……哈哈哈哈！」熾翼笑了，大笑出聲，「化雷，你覺得我真的以此為榮？若可以選擇，我寧願是一花一木、樹精山魈，也不要做這火族棟梁！」

「大人，有些事，就算是您也無法選擇。」化雷終於把那口氣嘆了出來，「只要您願意，怎樣美麗的情人尋找不到？再說那太淵到底是哪裡好了，水族皇子之中，他不論相貌才華都毫無出眾之處，再怎樣也匹配不上大人。更何況不說他的身分和大人如何不配，只同為男性這一點，也是絕無、絕無……」

「絕無將來可言。」熾翼接著說了下去，「就算回舞死了，只要我還活著，就必須為火族留下帶有紅蓮血脈的後代。」

「大人！」化雷重重跪在地上，「除卻這些，紅蓮烈焰最忌情動，請您要三思而行。」

熾翼閉上眼睛，用手撐住額頭，「化雷，你下去吧，我累了。」

「大人……」化雷在退下前輕聲地說，「情字傷神，不若淡忘。」

不若淡忘……

熾翼放下手，盯著那盆雪白蘭花。

是哪裡好呢？自己也說不出來，只是這幾百年以來，有個名字從不曾忘記，偶爾念及，總要會心一笑。

該忘記的……就像化雷說的那樣，火族赤皇和水族皇子，除了仇視，不需要有其他的情感。

自己喜歡太淵，願意為救他付出萬年修行，即便如此，也不能為他賭上整個火族的未來。哪怕摒除赤皇身分，自己體內始終流淌著火族血脈。

何況危險的紅蓮之火，本就被情緒支配，過多的情感無異於自尋死路，戀戀不捨一點益處也沒有。

所以，該結束了！

他走到窗邊看了許久，碰了碰那翠綠的葉面，輕撫過那雪白的花朵。

他淺淺一笑，低聲說：「再見，太淵。」

「來人！」熾翼推開了大門。

「大人。」並未走遠的化雷連忙折返。

「去，幫我把那盆花搬出去扔掉。」熾翼挑起眉毛，「越遠越好。」

見他說完之後就瀟灑離去的樣子，化雷有些愣住了，「您要去哪裡？」

「晴空萬里，最適合狩獵了。」熾翼一揚衣袖，「你磨磨蹭蹭地做什麼，快些辦完事來棲鳳臺找我，我可沒空等你。」

「是！」化雷欣然領命。

一時的迷茫過後，熾翼依舊是世間最璀璨奪目的赤皇，沒有什麼能夠改變……但是，真的什麼都沒有改變嗎？

這個問題，只怕連熾翼自己也答不出來。

原本就是這樣，永是難以兩全。只希望那份沉沉壓在心口的遺憾，會由時光慢慢侵蝕。到了那個時候，也許能夠一如之前坦然地面對……

十年後。

南天，棲梧城。

「你輸了。」他懶洋洋地拈起一枚黑子放下，堵死了白子最後一線生機。

「大人高明。」坐在對面的人望著他，「我輸了。」

他倚在暗紅的軟榻邊，一手撫過鬢邊那縷豔紅髮絲，半敞的衣領裡面，鮮紅的印記纏繞著雪白頸項，狹長的眼睛裡帶著一絲慵懶的水光。

縱然不是第一次見到這樣的情景，對面那人還是看得痴了。這樣的華美之姿，也只有這個人才配擁有。

「凌霄，今天怎麼傻愣愣的？」熾翼勾起嘴角，「輸太多次，在生悶氣？」

「怎麼會。」凌霄溫和一笑，「只是熾翼大人風姿卓然，總是讓我神不守舍。」

「哦？你是在找輸棋的理由，或者……」熾翼伸手勾過他的下巴，饒有興味地靠近他清秀溫文的臉龐，「在勾引我？」

熾翼身上帶著一股有如火焰的香氣，隨著距離拉近，炙熱的感覺讓凌霄一時有著窒息的錯覺。

「怎麼每次明明是你先引誘我，到後來都變得像是我欺負你一樣？」熾翼看到他面紅耳赤的樣子，笑容裡多了幾分曖昧，「北貊族的男子，都是這麼容易臉紅的嗎？」

「熾翼大人……」凌霄往後仰靠在椅背上，不知所措地說著，「凌霄不過是一介罪臣，大人就不要取笑我了。」

「有什麼罪？是你父親反出火族，和你沒什麼關係。」熾翼笑著，「凌霄，你父親終是為我火族所殺，現在你又服侍在我身邊，心裡對我可有怨恨？」

「父親他……權勢熏心，落得如此下場，與人無尤。」凌霄下意識握住熾翼放在他臉畔的手掌，「若非大人赦免我的死罪，我怎麼還能活在世上？」

熾翼慵懶地嗯了一聲。

凌霄察覺自己和熾翼靠得太近，剛想拉開些距離，卻發現自己無路可退。

「凌霄……」

「熾……熾翼大人……」凌霄的臉紅得能滴出血來了。

「怕什麼？我又不會吃了你。」熾翼低聲笑著，「你這麼費心勾引我，若我毫無反應，豈不是太不解風情？」

「我不是……」凌霄的臉色霎時之間由紅變白。

「啟稟赤皇！」門外傳來通報聲，「化雷大人求見。」

「讓他進來吧。」熾翼頭也不回地應道。

「熾翼大人，我……」凌霄掙扎著要從椅子裡站起來，卻被熾翼牢牢扣住。

「大人，出了……」化雷匆匆走進，卻被眼前的一幕驚呆了。

赤皇只穿了一件裡衣，披散著頭髮，還赤著雙腳。他一條腿屈跪在桌上，一手撐著身子，整個人越過桌面，另一隻手放在對面那人的肩頭，兩張臉近得就要貼到一起。

而對面那個滿臉窘迫的清秀男子，正是最近和大人鬧得甚囂塵上的北貊少主。

「說啊！」熾翼的手指撩撥著凌霄的黑髮，心不在焉地說。

「大人，微臣有要事稟奏。」化雷看了看凌霄，沒有接著說下去。

「又是要事。」熾翼嘆了口氣，終於放開被他困在椅子裡的凌霄，「凌霄，你去吧！」

凌霄頂著大紅臉，告退後一路小跑了出去。

等到凌霄離開，熾翼才慢吞吞坐回了軟榻上。

「大人，北貊少主他……」他一直堅信大人和北貊少主關係曖昧一說純屬無稽，但親眼看到那樣的場面，連他也不禁動搖了起來。

難道，大人真的對那個北貊少主……

「難得蚩尤善解人意，專程把人送來棲梧給我，我又何必太過矯情？」熾翼把長髮撥到耳後，露出了頰邊火紅的鳳羽。

「外間四處流傳著大人和北貊少主的謠言，依微臣之見，不如讓北貊少主暫且遠離棲梧，以平息流言。」化雷猶豫地說道。

「我知道外面傳得沸沸揚揚，說凌霄以色侍我。」熾翼邊說邊笑，「父皇因此顏面全失，對我深惡痛絕。」

「大人！」化雷一聽這話，滿臉灰暗，「大人地位尊貴，北貊少主不過是一介罪臣……」

「化雷，這麼多年了，你怎麼連詞都不改？」熾翼哼了一聲，「接下去你是不是要說，凌霄什麼也配不上我，何況他是男性之類的話了？」

「不，微臣知道大人對北貊少主並非有情。」化雷頓了一頓，「我只是不希望大人繼續對那人念念不忘，如此折磨自己。」

「化雷，你說什麼呢！」熾翼的笑容停在嘴角，雙眉一揚。

「大人明知北貊少主來意不善，還是把他留在身邊，不過是因為他眉目之間有幾分似七……」化雷話音未落，整個人往後倒飛了出去，撞到了身後的牆上。

熾翼收回手掌，斜靠在軟榻上，面無表情地說：「化雷，不許再說這些會讓我不高興的話。」

「微臣知罪。」化雷跪在地上，不敢擦去唇角的血漬。

「你急匆匆地過來，到底有什麼事？」熾翼悠閒的表情已不復在，臉上寫滿了惱怒，「如果只是過來惹我生氣，那你可以走了。」

化雷這才想起了自己前來的目的，「我是來稟告大人，后陵的護陣前些時候不知被什麼人破壞了，且有外人闖入的跡象。」

熾翼聞言，一下子坐了起來，「這是什麼時候的事情？」

「大約十天前護陵的守衛換班，那時護陣還是好好的。」化雷也顯得十分疑惑，「昨日清晨，換班的守衛將此事上報給我。我當時正在左近，聞訊立刻趕往不周山，發現事實確實如此，非但護陣被破，連看護的守衛都被殺了。我不敢擅入后陵，只能讓人在外守著，再趕回來向大人稟告。」

「怎麼可能？」熾翼連鞋也顧不上穿就站到了地上，「護陣是我親自布下，守衛更是我族好手，怎麼可能無聲無息地發生這麼大的事情？」

「微臣也是百思不解。」化雷有些猶豫地說，「除非……除非是……」

「不可能是父皇！父皇對我再不滿，也不可能拿母后的陵墓出氣。」熾翼看穿了他的想法，搖頭否決，卻猛地一震，想到了什麼，「難道說……」

「大人！」化雷不明所以地看著他急匆匆地往外走去，「您可是要去后陵查看？」

「化雷，沒有我的吩咐，不許向任何人提起這件事情。至於已經知道的，你給我小心看著他們，要是走漏了一絲風聲，我唯你是問！」熾翼站在門邊，臉色極為難看，「母后陵寢被擾，事關我族顏面，一定要嚴守祕密。就連父皇那裡，你也要好生瞞著。」

「是，微臣知道。」

熾翼想了想，「若是我遲遲不歸，就說我去了千水看望紅綃公主。」

化雷聞言一愣，還沒反應過來，就看見熾翼一揮衣袖，飛往高聳入雲的棲鳳臺去了。

5

東海，千水之城。

「赤皇大人？」聽到稟告還不怎麼相信的奇練，看到走進來的那人，立刻傻了眼，「你怎麼會……」

「我有事問你。」熾翼言簡意賅地說。

奇練看他面色凝重，也不多問，囑咐心腹在外守著，自己帶他上了樓。

「這十日之內，共工帝君可曾離開千水？」熾翼劈頭就問。

「父皇？沒有啊！」奇練搖頭，「這我可以保證，我每日都會按時問候。」

「那有什麼人離開過嗎？比如孤虹或者寒華？」熾翼又問。

「寒華已經有些時候沒來千水，按他的性格，輕易不會離開幻境。」奇練回答道，「前陣子昆侖山的女媧擅用神力，在地上依照神族外形製造凡物之事鬧得極為嚴重。西面華胥洲的神族說這樣做嘲諷了世間神族，父皇派孤虹前去調停此事，到今日還沒回來。」

「這樣的話，我就放心了！」熾翼長長地吁了口氣，「至少……」

「是不是出了什麼事情，赤皇大人你怎麼這個樣子就跑來千水？」奇練疑惑地打量著他，目光最後落到了他赤著的腳上，「如果你不嫌棄，我為你找一套新衣過來，讓你稍作整理可好？」

熾翼看了看自己，也意識到這個樣子有點失禮，於是朝奇練點了點頭。

片刻過後，他換上奇練送來的衣物，坐到了椅子上。

「聽說最近這幾年，共工帝君心情一直不是很好。」他端過奇練遞上的茶，像是不怎麼在意地問，「到底是為了什麼事情？」

「難得赤皇大人會關心我水族的家事。」奇練笑了一笑，「真是令人受寵若驚。」

「我問你，你答就是，若是不願回答，那也就罷了。」熾翼也笑著，「再怎麼說，紅綃既然嫁入水族，要是她惹怒了帝君，對我們火族來說絕非幸事。」

「這件事，我也不怎麼清楚。」奇練嘆了口氣，「我雖是長子，這城裡發生的大部分事情我心裡有數，但是有些事情，我也無權過問。」

「這麼說來……真的和紅綃有關？」熾翼垂下眼睫。

「既然說開了，赤皇大人你也正巧來了千水，有件事我想求赤皇大人幫忙。」

奇練有些猶豫。

「什麼事？」

「大人可知道，我父皇近期……找了不少的……」奇練皺著眉，有點說不出口。

「女人是吧！」熾翼冷冷一笑，「娶紅綃的時候，帝君海誓山盟，娶到了手之後卻如此冷落，若我是紅綃，也不服氣啊！」

奇練無奈地搖了搖頭，「我對父皇的做法並不贊同，但是身為人子，我也不好多說什麼。」

「你是要我安慰安慰紅綃，讓她安分一些，不要惹得帝君不快嗎？」熾翼抿嘴一笑，「你覺得我說了有用？」

「這個……你是她的兄長，她對你總要……」

「水族的帝后，我可沒有本事管教。」熾翼的笑容，看了讓奇練覺得刺眼，「我當年送嫁的時候私下和帝君說過，要是她有一天做了出格的事情，和我火族可是沒有任何關係。不論你們怎麼處置她，我火族也沒有任何異議。」

他這番話說得冷漠決絕，奇練不敢置信地看著他。

「怎麼，難道你覺得我當初是在開玩笑？」熾翼笑了出來，「奇練，看在我們相識多年，還算關係融洽，我奉勸你一句，別去招惹她。火族的女子可不會任人欺凌，你要謹言慎行啊！」

奇練知道熾翼的話別有用意，不由得愣住了，臉上也露出了深思的表情。

「好了，我還有事，先告辭了。」熾翼站了起來，朝外走去。

「等一下！」奇練跟著走出了書房。

熾翼在樓梯邊停了下來。

「剛才忘了告訴你。」奇練臉上恢復了柔和的笑容，「他回來了，你可要見他一面？」

熾翼先是疑惑，然後愣住了。

「你是說……」

「太淵回來了。」

太淵回來了！太淵……熾翼低下頭，看著腳下白玉製成的樓梯。

「碧漪帝后身體不適，他是回來看望他母后的，不會停留很久。」奇練兀自說著，「你和他有不少時間沒見過了吧，他可是變了不少。」

「我還有事，下次再說吧。」熾翼打斷了他，抬起的臉上帶著一絲淡然的笑容。

「這樣啊。」奇練做出相送的手勢，「我就不耽誤你了，請。」

熾翼點了點頭，慢慢走下了樓梯。

奇練看著他傲然的背影，微不可聞地嘆了口氣。

踏出奇練的居處，熾翼跟著引路的侍官朝城外走去。

「大皇兄！」經過通往外城的迴廊之時，身後傳來溫醇柔和的喊聲。

不用回頭，熾翼就知道那是誰的聲音。

「大皇兄，我正準備去找您……」太淵走近了那個一身白衣的挺拔背影。

「不是。」聲音有些低沉，卻帶著太淵所熟悉的一種張揚和狂傲。

在這個世上，只有他……

那個人已經回過了頭。

白色的衣服穿在共工身上是尊貴，穿在寒華身上是冷漠，穿在孤虹身上是高傲，穿在奇練身上是文雅，但是穿在熾翼的身上卻……還是狂傲！

頭髮隨意地攏在一側，臉畔是如翅的火紅鳳羽，總是帶著氤氳水汽的黑眸，那是記憶中從未改變的華美風姿。連那件白色繡著龍紋的外衣，因為穿在他的身上，而多增了幾分豔麗。還有……那一絲火焰的香……

「熾翼……」這樣的見面，實在太過突然，他毫無準備。

太淵變了許多……奇練說的時候，熾翼並沒有太過注意，但是看到了眼前的太淵，熾翼才明白奇練這句話其實說得不對。

太淵何止改變了許多，他完全是變成了另外一個人。

太淵，應是沉靜內斂、溫柔含蓄的。自己只要一眼，就能明白他在想些什麼的太淵，現在……看不透了……

看不透那隱藏在笑容後的憂歡，看不透那雙溫和目光裡蘊含的喜怒。

雖然一身青衣，雖然容貌如昔，但是這個手裡拿著玉骨摺扇，笑容溫和的儒雅青年，卻讓他心中一陣發悶。

「七皇子，別來無恙。」熾翼揚眉一笑，帶著肆意的狷狂。

七皇子……他叫自己……七皇子……

「別來無恙，赤皇大人。」太淵雙目低垂，拱手行禮。

「我聽奇練說了，你是回來看望碧漪帝后。怎麼樣，她還好嗎？」熾翼漫不經心地問道。

奇練……他身上的衣服……是奇練的……

為什麼他會穿著奇練的衣服？

「多謝赤皇大人關心，母后已經好了許多。」太淵不動聲色地回答。

「那好，你就代我向她問候一聲。」熾翼冷淡地說，「我還有事，不能久留。」

「赤皇大人走好，太淵不送了。」

熾翼轉身，大步離去，沒有回頭望上一眼。太淵看著，甩開扇子遮住了自己的下半邊臉，垂低了目光。

這白色的衣服，看著還真是刺眼！

「你來晚了，熾翼剛剛從我這裡離開。」

「我在路上遇到赤皇大人了。」太淵一笑，「我還將他誤認為大皇兄，冒冒失失地喊錯了人。」

「是嗎？」奇練拿起茶喝了一口。

「沒想到才短短幾年，大皇兄和赤皇大人竟然如此親密了。」

「噗！」奇練嘴裡的茶一滴不剩地噴了出來。

「大皇兄，怎麼了？」太淵大吃一驚，慌忙找了手巾遞給他。

「太淵，這話你可不能亂說。」奇練瞪著他，「不過是他沒穿外衣就跑了過來，我看他衣衫不整，為了避免他人誤會，才借了外衣給他。」

太淵不解地問，「為什麼赤皇會沒穿外衣？又為什麼會有誤會？」

「這幾年你地處邊野，消息可能還沒傳過去。」奇練擦乾淨身上的水漬，帶著一種奇怪的笑容說，「這幾年赤皇和凌霄的事情，早在棲梧和千水，甚至是東天那裡，都傳得繪聲繪色了。」

「什麼人？」太淵笑容不變，微瞇起了眼睛，「什麼事情呢？」

「情人吧！」奇練把這當作趣聞來告訴離家已久的弟弟，「凌霄本是北方十九族中北貊族的少主，後來不是有叛亂？他也受到了牽連入罪，可是聽說熾翼對他一見傾心，不顧他人反對留在了身邊。」

太淵眉毛一動，「居然會有這麼奇怪的事情？」

「你也覺得不可思議？熾翼為了他和祝融幾番反目，氣得祝融差點廢了他的赤皇之位。若不是真動了情，熾翼又怎麼會這麼做？」奇練饒有趣味地說：「倒是沒有想過，熾翼有朝一日會為了一個男子動情。」

「那人……是男的？」太淵愣住了。

「是啊！據說北貊族的男子個個美麗非常，那凌霄定然是美得無法形容，否則熾翼怎麼會對他如此寵愛，把他深藏宮中，不許別人見上一面呢？」奇練講得興致勃勃，一轉眼卻發現太淵呆滯地站在那裡，「太淵！太淵！你怎麼了？」

「啊！」太淵回過了神，露出笑容：「這件事太令我吃驚了，把我嚇了一跳。」

「嚇一跳？」奇練認為這個詞語用在這裡有些不合適，「熾翼行事本就隨心所欲，想幹什麼就幹什麼，不過是寵愛男子而已，不算什麼太過稀奇的事情。我只是覺得他對凌霄寵得有點過度了，才會覺得奇怪而已。」

「寵得過度？怎麼說？」

「聽說幾乎有求必應，而且在人前也不避諱。」奇練搖頭笑道，「其實我很想問問熾翼，他是不是真如傳言所說，準備娶個男妃了。」

「這怎麼可能……」

「對熾翼來說，只在於他做不做，沒有什麼是不可能的事情。」奇練看了他一眼，「你和他認識這麼久，怎麼連他的脾氣都不瞭解？」

不瞭解？怎麼會不瞭解？只是……只是……

「大皇兄。」太淵突然冒出了一句，「您做錯了。」

「說什麼呢？」

「若是怕被別人誤會，大皇兄又為什麼要把自己的衣服借給赤皇呢？」

趁著奇練自責不已，敲著腦袋罵自己少根筋的時候，太淵告退了出來。

他一步一步走下樓梯。一路上，遇到的人紛紛向他行禮問好，他一一回禮寒暄。

踏進自己的屋裡，太淵反手關上房門，一直掛在臉上的笑容忽然之間淡了。他走進裡間，手一揚，燒去一道符紙。

青煙嫋嫋，聚而不散，須臾形成了一道虛幻的身影。

「北鎮師大人。」太淵對著那個影子說道，「打擾了。」

「什麼事？」傳來的，赫然是北鎮師青鱗的聲音。

「你我既然有了共識，就不該隱瞞彼此。」太淵嘴角彎起，笑意卻絲毫沒有達到眼裡，「我還記得大人曾經說過，這些年來水火兩族的狀況，你都已經仔細告知。可是有些事，我怎麼毫不知情？」

「我所知道的，都告訴你了。」青鱗愣了一愣，「我不知道你指的是什麼事情。」

「例如熾翼。」太淵坐在椅中，手裡把玩著扇墜，「我一直百思不得其解，北鎮師大人對赤皇恨之入骨，必然額外留意，為什麼只說無甚大事就帶過了？」

「熾翼？」青鱗想了想，「這些年他深居棲梧，沒有什麼特別需要留意的事。」

「你知不知道，他為了一個罪臣，和祝融鬧得不可開交？」

「你是說那件事？」青鱗語氣之中滿是不以為然，「哪有不可開交之說？祝融對熾翼向來忌憚，大發雷霆也就是表面文章，何況熾翼又不是要娶那個凌霄，祝融也就睜隻眼閉隻眼。這根本算不上什麼大事，我不知道你會這麼在意，一時也就忘了。」

「你覺得，這沒什麼？」太淵低著頭。

「要用常理猜測熾翼的想法，最後只會被他牽著鼻子走。」青鱗笑著說，「那傢伙天生反骨，喜歡標新立異，別人妻妾成群以示風流，他偏偏就對一個男子痴心一片。他連自己的親妹都殺了，又有什麼做不出來？等再過些時候，指不定他就把那凌霄殺了。這不過是不足掛齒的小事，何必理會？」

太淵似乎在想些什麼，沒有顧上答話。

「太淵。」青鱗語氣一轉，「你倒是格外留心熾翼，可有什麼特別的原因？」

「我只是有些憂慮。」太淵抬起眼睛，目光中帶著犀利，「赤皇現在對於我們來說，半是障礙半是助力。但到最後，他絕對是我們不得不面對的可怕強敵。」

「是這個原因嗎？」青鱗的聲音裡帶著興味，「若是這樣，難怪你如此緊張。看你剛才的樣子，我差點要誤會你對赤皇別有用心了。」

「大人真是愛說笑。」太淵卻半點沒有說笑的意思。

「我自然是在說笑，我和他仇深如海，怎麼可能輕易放過？」青鱗冷哼一聲，「我不管你現在使出什麼手段拉攏或者利用他，到最後，我都要親手挖出他的雙眼，斬下他的頭顱，回報這毀目滅族之恨！」

太淵眉角一動，立刻習慣性地揚起嘴角，溫文一笑。

「我們彼此深知底細，所以也不必玩什麼迂迴曲折的鬥智把戲了。你有這樣的精神，還是好好想想該如何開始吧。」青鱗回以冷笑，「我勸你不要自作聰明，要是誤了大事，就什麼都是一場空了。」

「太淵明白。」太淵低眉順目地應了，張開摺扇一扇，青煙登時散去。

他走到窗邊，推開窗戶，感受著千水之城獨有的漫天水霧。

「毀目滅族就能說仇深如海？」他輕聲地自言自語，「換作是我，就不會報復得這麼難看。至少留條活路給他，讓他有機會後悔當初沒有斬草除根。」

他的眼前，似乎出現了那雙瀲灩深邃的眼睛。

「挖了？多可惜！我還想讓他看著……」那個美麗耀眼的強者，我想讓他用他的眼睛看著，看著我一步一步擁有一切。

熾翼，你總以為我懦弱無用，總有一天，我要讓你知道，我也可以站於雲端，和你比肩而立！

6

南天，棲梧城。

「大人，大人！」凌霄喊了半晌不見回話，大著膽子推了推熾翼的肩膀。

熾翼抬起頭，目光迷濛，連總是掛在嘴邊的笑容也消失無蹤。此刻沉沉鬱鬱的赤皇，和凌霄記憶裡任何時候的樣子都完全不同。

尤其是那種本以為永遠不會出現在熾翼身上的落寞輕愁，讓凌霄的心怦然一動。

「您怎麼了？」凌霄用他自己都覺得吃驚的輕柔語調問著，「從千水之城回來以後就悶悶不樂，凌霄可能為您分憂？」

「凌霄……」熾翼喃喃地念著他的名字，然後側過頭，輕聲說了一句，「你下去吧。」

知道熾翼看似狂放，情感卻極為內斂，但有時連凌霄自己也懷疑，赤皇望著他時，神情裡時常流露的眷戀，究竟是不是真的？

赤皇多年來對他寵愛呵護至極，事實上，除了有時從言語動作上逗弄一下以外，從來沒有認真表示過愛慕之情，更別說真正親暱的舉動了。

「大人。」凌霄第一次違逆了他的意思，沒有依言退下，「有些事，凌霄心中一直想不明白，還望大人給我一個答案。」

「你想問什麼？」熾翼心不在焉地回應。

「您明明對我並無情意，又為什麼願意為我這樣的罪臣，和祝融聖君反目呢？」

「凌霄，你想太多了。」熾翼沒有想到他會這麼問，目光裡閃過詫異，「我對你不好嗎？」

「不，您對我很好。您對我的縱容，簡直……和您一貫的性格背道而馳。」凌霄笑了笑，「請容許我猜上一猜。大人的心裡，應該有一個人。凌霄或許就幸運在，和大人心中真正愛慕著的那人，長得極為相像，才有幸得到大人的垂青。」

「是這樣嗎？我本以為你看不出來，因為幾乎連我自己都信了。」熾翼輕輕嘆了口氣，「你和他長得也不是很像，只是乍一看，神態氣質有八九分相似。」

「那人……不在了嗎？」凌霄說出了自己猜測的答案。

「為什麼這麼猜？」

「除了這個原因，我想不出還有什麼能夠阻止您。」雖然早就猜到了這些，聽到熾翼親口承認，凌霄心裡還是不太舒服。

就算他再怎麼告誡自己，這些年來時時刻刻面對著耀目如斯的熾翼，這世間又能有幾個人能毫不動搖？

「凌霄，在其他人眼裡，也許沒有什麼事情是我不敢做的，但事實上，就算他也愛戀著我，我們之間也存有太多無法逾越的障礙。」熾翼笑容苦澀，「我害怕……我怕若是情不自禁，一切會無法挽回。」

凌霄震驚地望著熾翼，一時之間忘了怎麼回答。他根本不敢相信自己聽到了什麼。

試問又有誰會相信，居然能從火族赤皇嘴裡，聽到「害怕」這個詞？

「也不知道什麼時候，我已經陷得這麼深了。」熾翼閉上眼睛，又一次長嘆，「這是在罰我，罰我一直以來任意妄為，毫不在意他人的情感。」

「那人……莫不是水族的……」

「凌霄！」熾翼打斷了即將出口的揣測之詞，目光凌厲，「你太放肆了！」

自相識以來，凌霄第一次被熾翼如此呵斥，不由得嚇了一跳，僵在當場。

「你想知道的都知道了，至於你不該知道的，還是不要知道的好。」熾翼揮了揮手，「下去吧。」

「是。」凌霄知他動怒，只得行了個禮，不甘不願地退了下去。

熾翼茫然地望著某一點出神。

凌霄說的那些話，扯出了他心底最最難以訴諸言語的死結。他待凌霄與眾不同，誠然有其他考量，但也不能完全抹殺凌霄和太淵相似這一點。

既然這漫長生命之中，也許永遠無法讓心中那人留在身邊朝夕相對，那麼，總要為自己尋求一些慰藉。

他心裡清楚知道凌霄和太淵完全不同，但是太淵……

先不說涅槃，也不說族怨，讓他覺得無法掌控的，是太淵的心。活了這麼多年讓他明白，唯有心中的情感，無法以力量掠奪。

太淵性格看似謙和，其實最是固執，直到現在，應該還在痴戀著紅綃。所以，他只能任著自己患得患失而怯於面對，就像是墮入情網的青澀少年一般。

說到底，不過是自己一個人在這裡自作多情……

熾翼只覺得胸口一陣絞痛。

凌霄遠遠站在窗外，看著熾翼捂住胸口，伏到榻上。

「是為了誰？」他始終不敢相信，「這世上怎麼會有人，能令你這麼地痛……」

碧漪突然病重不治。

紅綃懷了共工的孩子。

多年後，熾翼重新思考這兩件事，總會懊惱自己當時沒有從另一個角度去考慮，或者說，沒有從突發的事件背後，預料到接下來的局面。他當時只顧著震驚，失去了冷靜思考的能力。

因為他首先得知的，是紅綃有孕的消息。

共工與紅綃的婚姻，帶來的無非是兩族盟約又或者其他利益，要說後代……先不說紅綃沒有生育能力，就算是有生育能力的火族女性，也不可能懷上水族的孩子。

水族本命為龍，火族本命為鳳，兩者是全然不同的種族。如同水火不能相容，兩者的血脈也無法相混。

如果是謊言也就罷了，如果是真的……撇開其他事情不想，這也許稱得上是一個好消息。

還有什麼是比血脈相連更為長久的牽繫？這樣一來，水火兩族的盟約幾乎牢不可破，最擔心的戰亂也許更不會發生。

可熾翼就是沒辦法靜下心思考下一步該怎麼做，他的腦子裡塞滿了與之毫無關聯的念頭，越是想要好好思考，就越是煩躁。

看他在原地打轉許久，化雷終於忍不住開口，「大人，您看該怎麼辦才好？」

熾翼停下腳步，張了幾次嘴也沒說出什麼話來，最後還是揮了揮手，示意化雷先說。

「照微臣的看法，不論消息是真是假，大人還是去見一見紅綃公主，親自證實才好。」化雷疑惑於他的反應，但還是建議說，「共工帝君祕密派人前來通知大人，想必也有他的顧慮。大人不妨照著帝君的意思，藉口去千水一趟，等到確認之後，再報告給聖君不遲。」

「又要去……」熾翼不覺皺起了眉頭。

「這件事非同小可，若是誤傳，大人也可安慰安慰公主；若是真的……難保不會再生變數。大人親自在場，才可避免節外生枝！」最後這四個字，化雷特意加重了語氣。

熾翼聽在耳裡，渾身一震。

「你這是話中有話啊！」他盯著化雷，「關於這『節外生枝』，你可願意詳細解說解說？」

「大人恕罪！」化雷雙膝跪地，「關於后陵中住著的那位……雖然這是萬分機密之事，微臣不應多嘴，但到了這個時候，大人要是思量太多，將反受其害。」

「你也覺得，我當年那麼做是不智之舉？」

「我並不是這個意思，只不過……」化雷嘆了口氣。

「算了，這事不要再提。你說的也有道理，我確實該去證實一下。」熾翼點了點頭，吩咐著，「通知凌霄，讓他準備出門。父皇那裡，就說我帶著凌霄出門遊玩去了。」

「帶著他去千水之城？」化雷的聲音簡直稱得上尖銳，「這實在不妥！」

「怎麼？」熾翼被他過於激動的反應嚇了一跳，不悅地反問：「有什麼不妥？」

化雷一臉尷尬的樣子，「千水畢竟不比棲梧，大人這般舉動……」

「那又如何？」知道了化雷的意思，熾翼也沒動怒，只是說：「難不成共工還會管我的閒事？」

「大人，他畢竟只是一個……」

「我意已決。」熾翼打斷化雷還沒有出口的諸多勸誡，「快去準備，即刻動身。」

東海，千水之城。

「那就是千水之城嗎？」凌霄好奇地撩開層層薄紗的簾幕，往下看去，「果真是美輪美奐！」

「嗯。」熾翼靠在軟墊上，不怎麼感興趣地應了一聲。

「赤皇大人，您可是不舒服？」這句話問出來，連凌霄都覺得自己傻了。

可是在他印象裡，熾翼出行時向來喜愛駕馭火鳳，這次卻在臨行之前改變了主意，拉著自己坐上這輛誇張的車輦。

一路上，熾翼一直半躺著閉目養神，非但不怎麼說話，連臉色也白得可怕。

「我不喜歡東海，這裡總是濕答答的。」熾翼招了招手，讓他靠近，「待會就要降落了，小心掉出去。」

凌霄順從地坐到他的身邊，熾翼伸手輕輕一拉，就把他拉到了自己懷裡。

「赤皇大人！」凌霄大吃一驚，本能地掙扎著，「您在做什麼？」

「我們的關係如此非同尋常，你怎麼還叫我赤皇大人？」熾翼一個翻身把他壓到軟墊上，風情萬種地一笑，「以後叫我熾翼。也不要您啊您的，直接叫你就好了。」

「凌霄不敢！」凌霄無措地僵著身子，目光四處亂瞟。

「有什麼不敢？」熾翼不滿意他慌張的反應，扳過了他躲閃的臉，「來，喊一聲我聽聽。」

熾翼沒有束起的黑髮垂落在凌霄臉上，紅豔的嘴唇似笑非笑地抿著，水光瀲灩的眼睛裡寫滿了勾引。

凌霄就像被勾了魂，痴痴地仰望著那張充滿魅惑的臉蛋。

「不叫嗎？」熾翼加深了笑容，「可是要罰的。」

然後，抬高了凌霄的下巴……

「赤皇大人！」

「大人……」層層簾幕之中傳來了微弱的喊聲。

「別管他。」赤皇低沉的聲音，讓聽到的人都禁不住心中一跳。

接著，又傳來了一聲輕呼，在場的眾人低下了頭，臉上發起燙來。

「不要……赤……熾翼……」喘息和呻吟響起，偏偏那多層薄紗的遮蔽效果極好，只聽聲音更是令人心癢難耐。

簾幕之後，凌霄的理智正努力和欲望搏鬥，但這一切幾乎是徒勞無功，熾翼似乎把他的反抗當成了某種邀請。

「赤皇大人真是好興致。」又一個聲音從簾外傳了進來。

凌霄感覺，這聽似平和的聲音裡，竟帶著一種說不出的森冷寒意。

他打了一個冷顫，徹底從欲望中清醒了過來。

緊靠在他臉側的熾翼也停了下來，明亮的目光中轉瞬閃過了一絲迷濛。

「啊！」肩膀一陣吃痛，凌霄忍不住驚叫出來。

他愣愣看著熾翼離開了自己，然後一揮手，竟然就這麼撩開了簾幕。

外面站著很多人。

這些人都站在車輦前方，簾幕打開時，每一個人都看到了……赤皇以指腹輕輕抹去唇邊那抹豔紅的血漬，水色盈盈的眼中還蕩漾著毫不掩飾的情欲。他身後躺著的那人衣衫凌亂，素色衣物和他華美的紅衣糾纏在一起。雖然看不清面貌，但從身形來看顯然是一名男子。

那人的衣襟被粗暴地扯壞，修長的脖子上是青青紫紫的痕跡，白皙的肩頭還滲出了幾縷鮮血，完全就是剛剛結束了一場激烈歡愛後的模樣。

赤皇慵懶地把另一隻手從那人衣服裡收了回來，隨意攏了攏自己散亂的長髮，慢條斯理地問：「看夠了嗎？」

凌霄把頭埋在熾翼身後，心裡尷尬萬分，根本就不敢動上一動。

「赤皇大人果然時時處處不拘小節，實在令人嘆服。」又是那個讓凌霄心裡發怵的聲音。

「你是拐著彎罵我風流放蕩？」不知道為什麼，連熾翼說話聽起來也有點奇怪。

「絕無此意！」那聲音微微一頓，竟然帶了些懊惱，「我只是有感於火族天性熱情，絕無冒犯赤皇大人的意思。」

「是嗎？」熾翼拖長語調，半真半假地回了一句。

凌霄越來越好奇，想要偷偷看上一眼是誰在和熾翼對話，卻沒有料到才移動了半寸，就被熾翼的手按住了。

當然在別人眼裡看來，只是他的手又摸回了那個男人身上。

「咳咳。」就在這尷尬的時刻，終於有人出來緩和局面，「好了熾翼，你什麼時候學了孤虹，明知他容易認真，還故意逗他。」

熾翼沒有反駁，只是低低地笑了一聲。

「太淵莽撞失禮，得罪了赤皇大人，還望赤皇大人不要放在心上。」接著，是輕微的著地之聲，看來是那人跪下了。

原來，那個人叫作太淵。

熾翼滿不在乎地說道：「我怎麼會和一個孩子認真？起來吧。」

凌霄心裡還在想著那人到底是什麼身分，卻被熾翼的動作嚇了一跳。熾翼不知從哪裡扯過一片薄紗，把他從頭到腳包了起來，然後橫抱著他站起了身。

凌霄心中吃驚，還是順著熾翼的力道把頭埋到紅色前襟之中，也正好避開四周探詢的目光。被熾翼抱下了車輦，他想要看看先前和熾翼說話的那人，可視線被薄紗擋著，只能模糊地看見身邊晃來晃去的諸多身影。

「太淵，你先回宮照看你母后吧！赤皇由我招待就好。」

隨著這聲低語，熾翼向前行走的步伐停了下來。凌霄往聲音傳來的側後方看去，看到離得較近的一白一青兩個人影。

「帝后怎麼了？」熾翼的聲音從他頭頂傳來，惹得他抬頭上望。

「帝后的病情最近突然加重，太淵他……」那人沒有再說下去，只是嘆了口氣。

「赤皇大人事務繁忙，怎敢有勞赤皇大人關心？」接過話尾，聲調沒什麼起伏的，就是那個「太淵」的聲音，「大人還是先去紅綃帝后的宮裡看看吧，她一直在等著您。」

因為距離較近的關係，凌霄能夠看到熾翼臉上細微的表情。熾翼雙眉皺了一皺，目光轉瞬變得十分複雜。

凌霄一愣，不自覺地轉頭，卻對上了另一道目光。那令人心寒的目光，來自青色的身影，應該就是太淵……

「她最近消瘦了不少，似乎心事重重。」叫太淵的，果然是那穿著青色衣物的人，他說這句話的時候，也不知為什麼聲音極輕，甚至帶著無奈的味道。

明明連凌霄都聽得一清二楚，可抱著他的熾翼像是什麼也沒有聽到，冷著臉加快了腳步。

「你先休息一下。」一到屋裡，熾翼就把凌霄放到了椅子上，囑咐著身後的侍官，「小心伺候著，別讓人打擾。」

「熾……」凌霄仰起頭，只看到熾翼匆匆離去的背影。

「這裡畢竟是別人的地方，沒什麼事的話，你最好留在屋裡。」熾翼頭也不回地丟下了這一句。

凌霄咽下了沒有機會說出的話，心裡有些不是滋味。

原來那種親暱，只是做出來給人看的，差點害他以為……

凌霄挽起袖子，看著自己臂上的烏青，那是剛才熾翼抱著他時，突然用力緊握造成的。

是哪一句話讓他氣急，卻又無法當眾發作呢？他在顧忌著什麼？在這千水之城裡，熾翼心繫的那個人……

那個讓熾翼黯然神傷，卻又不得不說出「無法逾越」的人，會是怎樣一個身分高貴的人呢？

「你們下去吧，我和帝后有事要談。」熾翼坐了下來，揮退女官。

「皇、皇兄。」紅綃行完了禮，偷偷看了他一眼，卻沒想到他正緊盯著自己的眼睛，有些慌亂地嚇了一跳。

熾翼一眨不眨地盯著紅綃看了許久，看得她一陣陣心驚肉跳。

「皇兄，你這次能來……」

「不用說這些不著邊際的。」熾翼打斷了她，「我來這裡，只是要問妳一句話。」

「皇兄請問。」紅綃微微低下頭，心裡七上八下。

就算她的地位早已今非昔比，如今在她面前的，卻是與她關係極為微妙的熾翼。要是一個不小心觸怒了他，誰知道會有什麼後果。

「我只是要問妳，妳哪裡來的孩子？」熾翼的聲音並不急迫，就像平時說話一樣。

「孩子……」紅綃直覺地撫上了依舊平坦的小腹，然後將手腕遞到熾翼面前，「皇兄若是不信，可以親自驗證。」

「不用。」熾翼抬手拒絕，「如果妳在說謊，那這個謊話實在太拙劣了。我不相信我熾翼會有這麼愚蠢的妹妹。」

「我早就知道他一定會找來皇兄，試探我懷孕的真偽。」紅綃苦笑，「皇兄大可放心，我從來沒有想要隱瞞你。」

「妳是說，這真是共工的孩子了？」

「皇兄你不信我嗎？」

「我有什麼理由不信？」熾翼反問，「就算妳有辦法瞞過我，難道這孩子生下來以後還能作假不成？」

水火兩族的混血，就算此前從未在世間存在，也不是隨隨便便什麼東西就能冒充得了。

「我明白皇兄的意思。皇兄你不是懷疑我有沒有懷孕，而是這孩子的來歷。」

紅綃淺淺一笑，「這孩子的來歷，其實不過四個字就可以解釋清楚。」

這番出乎意料的回答，倒是讓熾翼有些吃驚：「哪四個字？」

「東溟天帝。」

這四個字慢慢從紅綃嘴裡傳了出來，熾翼立刻想通了所有的事情。

東溟，除了他，還有誰有這樣的本事，能令原本不育的紅綃懷上共工的孩子？

「東溟天帝果然神通無邊。」過了許久，熾翼才說道，「這種事情也只有他做得出來了。」

不知他有沒有想過，這麼做會為關係本就岌岌可危的水火兩族，帶來多大的變數？或許，他就是出於這個目的，才讓紅綃在這個時候懷上共工的孩子。

「既然是妳用瓔珞與東溟天帝交換的願望，我沒有權利干涉。」熾翼低垂目光，盯著紅綃的腹部，「但願真如妳所願，生下共工的孩子，重新得回他的寵愛。」

「只要紅綃能夠生下帝君的孩子，他一定會回心轉意的！」紅綃咬了咬嘴唇，「帝君絕對沒有忘了我，只是……只是……」

「妳倒是看得開。」熾翼雙眉一抬，「早知如此，妳當初又何必自作聰明？」

「皇兄可是還在責怪紅綃？」紅綃低下了頭。

「我責怪妳？」熾翼笑了出來，「我怎麼是在責怪妳呢？」

「那件事，我也是……」

「妳做得很好！」熾翼甚至帶著嘉許的語調說，「於我火族來說，與其嫁給沒什麼用處的太淵，嫁給水神共工是更好的選擇。妳是火族的大功臣，我又能把妳如何？」

「紅綃沒有引誘帝君！」紅綃臉色蒼白，極力為自己爭辯。

「我知道。」熾翼面色不變，「要是妳那麼做了，妳以為我還會心平氣和地跟妳說話？」

「皇兄，我也是身不由己，你又何必這麼對我？」

「身不由己？虧妳說得出口。」熾翼的伸手撫過纏繞右臂的長鞭，「紅綃，妳這些年多次向我求助，我卻始終不聞不問，妳可知道為什麼？」

紅綃的臉色變了，「紅綃當年一時糊塗，犯下大錯，害得皇兄為我……」

「夠了紅綃。」熾翼的聲音格外輕柔，「妳那點小聰明，不必用到我身上。」

紅綃愣住了。

「我聽說，共工帝君之所以對妳一見傾心，是因為多年之前，妳在不周山上救過他，對不對？」熾翼挑眉，加重了語氣，「不周山啊，紅綃！」

紅綃向後退了一步。

「讓我想想，那個時候，我們可愛的紅綃公主為什麼會在不周山上呢？」熾翼曲起手指敲了敲自己的額頭，神情困惑，「這些年來，我總是想不通，妳居然有本事一個人從西蠻逃出來，然後爬上不周山，等著救助受傷的共工帝君。難道這裡面還有什麼我不知道的事情不成？」

「皇……皇兄……我……」紅綃泫然欲泣，整個人瑟瑟發抖，「我可以解釋……」

熾翼面色一變，陰沉地看著她，「都到了這個時候，妳還想搪塞我？妳就不會想想，我怎麼會知道這件事情？」

「你、你問過他了？」紅綃結結巴巴地問：「他……」

「我不明白，為什麼一模一樣的兩個人，會有著截然相反的性格。」熾翼質問她，「紅綃，妳是一個女子，權勢對妳來說有這麼重要？」

兩人對視著，熾翼看著紅綃從一臉驚慌眨眼轉變成了鎮定自若，嘴角浮起了然的笑容。

「皇兄，你這麼說未免太狹隘了。」紅綃聲音平穩地說道，「皇兄你這樣的人，怎麼也說出這麼膚淺的話來？」

「那妳倒是說說妳的理由。」熾翼笑著說，「若是妳能說動我，或者我能忘了這些事情，再也不向別人提起。」

「就算我什麼都不說，皇兄你也不會提起的，甚至還會處處幫我隱瞞，就像當年一樣。」紅綃鎮定自若地在一旁坐了下來，「皇兄你明明知道真相，卻一直隱瞞著，說到底，你就是不希望看到水火兩族相互爭戰。你費盡苦心做了這一切，卻又有誰知道呢？」

「我做的事，不需要別人評價。」熾翼目光一閃，「我這些年來幫著妳一起撒下這彌天大謊，的確是為了水火兩族的盟約長久牢固。妳為什麼不乖覺一點，在這裡盡力討好共工，偏要處處找我的麻煩？」

「皇兄以為我不想得到帝君的寵愛嗎？」紅綃笑得悽惶自嘲，「我努力迎合討好，想著總有一天成為他的唯一，可是我再怎麼努力，也抓不住他的心。或者說，龍族的男子就是這樣的，愛意來得洶湧，卻去得太快，一轉身，看你就像在看素不相識的人。」

「是妳自己選的。是妳要成為水族的帝后，才選了共工。」熾翼聽了她說的話，似乎觸動了心中某處，「妳用這麼大的代價換來這個孩子，就是為了鞏固地位，不要說得妳真對共工一往情深，太可笑了。」

「皇兄也覺得可笑是嗎？」紅綃捂嘴笑著，「其實我也這麼覺得。」

熾翼靜靜看著紅綃的笑容，許久沒有說話。

「紅綃，不管妳是真心還是假意，妳要記得，我不會由著妳胡來。」過了很久，他站起身來，「既然有了身孕，妳就好好待產。順利生下這孩子，不論對妳對我都是好事。」

「紅綃自有分寸。」

熾翼看了看她，欲言又止。

「皇兄還有什麼想對我說？」

「沒什麼。共工那裡，我會和他說。」熾翼斜看了她一眼，沒有把心裡最想說的那句話說出來。

「讓皇兄費心了。」紅綃也站了起來，對他行了一個大禮，「不論今後如何，紅綃會記得皇兄為我所做的一切。」

「不用。」熾翼側過身去，「妳應該慶幸，我以前就和妳說過，要是有一天妳沒有用處了，第一個要殺妳的就是我。」

說完，冷冷拂袖而去。

「每一次看到你，我都會更加慶幸。」紅綃望著他遠去的背影，輕聲地自言自語，「我慶幸自己沒有真的為你不顧一切。我現在只是和幾個人為敵，已經這麼辛苦……」

只是和幾個人為敵，已經這麼辛苦，如果要和整個火族搶奪熾翼的心……會那麼做的，就只有這世上最傻的傻瓜了吧！

7

「凌霄大人。」門口的侍官再一次攔住了他。

「我只是要去花園走走，這也不行嗎？」凌霄無奈地說：「要不，你們跟著我好了。」

「實在對不住。」侍官也十分為難，「赤皇大人吩咐我們，讓凌霄大人你在屋裡休息，不要踏出大門一步，還請大人體諒。」

「你們的腦袋也太死板了吧！赤皇大人怎麼會限制我的行動？」凌霄氣悶極了，「他只是怕我不熟悉這裡，才讓你們看緊一點。等他回來，我一定要告訴他你們這麼對我。」

「這……等赤皇大人回來再做決定可好？」侍官猶豫地建議。

「他這幾天一直沒回來，你們就不擔心嗎？」凌霄一臉堅持，「我要出去找他！」

侍官們互相看著，一時打不定主意。趁著這個機會，凌霄足尖一點，迅速地飛到了門外。

侍官們一愣，只能匆匆忙忙追了上去。

北貊族天生聽覺異常靈敏，凌霄很遠就聽到了有人在林木深處對話。其中一個聲音聽起來十分耳熟，他不由得停下腳步，微微靠近了一些。

「不，現在還不是時候，要挑一個適當的時機。」那個讓凌霄覺得耳熟的聲音這麼說，「你好好照顧著，不要對他多說，知道嗎？」

另一人應了一聲。

「如果他現在出現，會惹人懷疑。」那人接著說：「必須保證沒有任何差錯……什麼人！」

凌霄意識到自己被人發現了，急忙轉身要走。可還沒走出兩步，只覺得脖子一冷。

「你不是千水的人。」聽聲音分明就是剛才的人。

凌霄嚇了一跳，連忙停下腳步。

「你是誰？」那個聲音近在耳邊，他甚至能夠感覺到背後穩定而規律的呼吸，「你聽到了什麼，為什麼要跑？」

「我……」凌霄側目看著自己頸邊，看到了一片冰冷寒光，不由得害怕起來，「你不要亂來，我是火族來的客人，你要是傷了我，赤皇不會放過你的。」

「赤皇？」

那個人的聲音驟然一顫，連著手也微顫了一下，凌霄嚇得臉都白了。

「我是……我是赤皇的情人，你若是傷了我，赤皇一定讓你求生不得。」平時凌霄絕對不會說這樣的話，但是生死關頭，他也顧不上許多，只想著不能不明不白地死在這裡。

背後的人身上帶著濃烈冰冷的殺氣，直覺告訴他，這個人有心殺了自己。

「真的嗎？」凌霄的耳中捕捉到了一絲若有似無的聲音，「我倒想看看，他為了你，會怎麼讓我求生不得。」

頸邊一片冰涼，身後的殺氣也猛地……

「凌霄大人！凌霄大人！」就在凌霄以為自己在劫難逃的時候，遠處忽然傳來喊聲。

「我在這裡！」凌霄顧不上其他，立刻放聲大叫。

「凌霄大人！」片刻之間，侍官們就已經聞聲趕到。

「你們來得正好！快點……」

凌霄正要求救的時候，只聽到面前的侍官們喊了一聲，然後齊刷刷地跪了下去。

「見過七皇子！」

「起來吧。」站在凌霄身後的那人溫和地應道，「不須如此多禮。」

凌霄的「救我」兩個字卡在喉間，終於想起了為什麼會覺得耳熟。這個聲音不就是幾天前，那個語氣奇怪的七皇子嗎？他的名字，好像是叫作……太淵。

凌霄一時愣在了那裡，不知怎麼反應才好。突然有一隻手掌搭到了肩上，接著，耳邊傳來了一陣低沉的笑意。

「原來是一場誤會。」七皇子太淵溫和的聲音和剛才相比，簡直是判若兩人，「我還以為是什麼來歷不明的人，原來是赤皇大人帶來的貴客。」

凌霄又側目一看，不見有什麼寒光閃閃的武器，拿在那隻手裡的，不過是一把翠玉摺扇。他慢慢地轉過身，對上了一雙琥珀色的眼眸。

淺淡的眸色、柔和的神情、溫柔的微笑、天青色的衣服，還有……

凌霄的第一個反應，是伸手摸了摸自己的臉。

你和他長得也不是很像，只是乍一看，神態氣質有八九分相似。

不對！明明是容貌……

「是你。」凌霄心裡，湧出了一陣又一陣的慌張。

太淵看到他的時候，也愣了一愣，眼中閃過一絲詭譎的光芒，但是很快就恢復如常。

「凌霄大人不會是在怪罪我吧？」太淵打開手中的摺扇，輕輕地扇著，目光眨也不眨地盯著凌霄，「還請大人一定要原諒我的莽撞，要是惹怒了赤皇，我可擔當不起。」

「你……七皇子嗎？」凌霄不知在想些什麼，臉上青白交錯。

「正是太淵。」凌霄的古怪讓太淵挑了挑眉，只想著會不會是嚇傻了，「凌霄大人，你沒事吧？」

「原來……是你……」凌霄好像根本沒有聽到他說了什麼，只是喃喃地說著，「我說，他怎麼會……原來就是……」

「凌霄大人，你怎麼了？」太淵看他站得不穩，想要扶他一下。

「我沒事！」凌霄避開太淵靠過來的手，目光中帶著莫名的敵意。

「沒事就好。」太淵好脾氣地收回了手，「千水之城道路複雜，凌霄大人以後還是不要一個人到處走，免得迷失了方向。」

「熾翼他會保護我的！」凌霄突然地冒出了這樣一句。

「這是當然，不過……」太淵低下頭，用扇子擋住了嘴角，似乎在偷笑，「赤皇大人事務繁忙，也不能時時刻刻陪在大人身邊的。」

凌霄正要說話，卻被他凌厲的目光一瞪，往後退了半步。

「凌霄大人。」太淵溫和地、用旁人聽不懂的話威脅這個不知天高地厚的傢伙，「你以後一個人出來，可要小心了，不是次次這麼好運氣的。」

凌霄確定了一件事情，這個七皇子，絕對不是簡單的人物。

熾翼推開門走進房裡，看到了坐在窗邊的凌霄。

「很晚了，你還不睡，在我房裡做什麼？」熾翼揮了揮手，「去睡吧！」

「這些天你都沒有回來。」凌霄頓了一頓，「我有些擔心。」

「有什麼好擔心？」熾翼揉了揉額角，不覺顯露出了疲憊，「快回自己房裡去。」

「昨天，我遇到了一個人。」凌霄慢慢朝他走了過來。

「遇見了誰？」熾翼走到睡榻邊，解開外衣，不經意地問。

「太淵。」

熾翼的手指停在腰間的飾帶上，而另一雙手接替了他的動作，幫他解開飾帶，脫下火紅的紗衣。

「凌霄。」熾翼一把抓住凌霄的手腕，把他拖到了自己的面前，「我說過，不要一個人亂跑！」

凌霄沒有說話，只是直直地盯著熾翼。熾翼被看得心浮氣躁，一把甩開了他。

凌霄踉蹌兩步，坐到了長榻上。

「以後別這樣了。」熾翼轉過身，拿下頭上的羽冠，烏黑長髮如流雲一般披瀉而下，「我把你帶來千水，不是為了惹我生氣。」

「你把我留在身邊，是因為我長得和他很像，對不對？」

熾翼閉上眼睛，穿梭在長髮之間的手指一頓，然後順著髮絲一路滑下。

「凌霄，你可還記得你問我的問題？」熾翼呼了口氣，「就是那個我明明不愛你，卻讓你留在身邊的問題。」

「記得。」

「因為你夠聰明，知道分寸進退。」熾翼側過身子，月光下，他的輪廓帶著一種妖異的豔麗，「也因為我殺了你的父親兄弟。我以為，你對我除了恨，不會有其他感情。」

「我……」凌霄的聲音十分沙啞。

「我知道，蚩尤用你母親的性命逼迫你，才讓你到我身邊。」熾翼走到他面前，勾起他的下頷，「他有野心，有膽識，可惜始終難成大事。」

凌霄震驚地看著他，臉色變得蒼白。

「你是你母親最疼愛的幼子，不是嗎？」熾翼的目光絲毫不帶憐憫，「當她得知你為了救她，成了仇人的玩物，一定非常傷心吧！」

「你！」凌霄臉色一片鐵青，咬牙切齒地說道，「難道從一開始，你就是在拿我尋開心嗎？」

「什麼意思？」熾翼勾起嘴角，「凌霄，你是想說，你愛上我了？愛上了你應該痛恨的仇人？」

「不！」凌霄飛快地回答，但是目光充滿了迷茫和痛苦。掙扎了許久，又問了一句，「雖然及不上你們認識的時間，但我們好歹朝夕相對了十年，難道你對我……真的一點感情也沒有？」

「不是時間的問題。我和他在一起的時間，遠沒有和你在一起長久。」看到凌霄的樣子，熾翼輕輕嘆了口氣，「你和他很像，可畢竟不是他。誰也沒有辦法替代他，你也不行。」

「為什麼？他究竟有哪裡好？」凌霄知道今晚自己逾越了太多，卻沒有辦法控制住自己。

「不是這麼說的。」熾翼斂起雙眉，搖了搖頭，「並不是我預想的，完全不是……想得得不到，想捨捨不得，偏偏他又……」

「既然你和他之間絕不可能，為什麼不忘了他？」凌霄不能明白，到底是什麼事情會令熾翼都覺得退縮，「若是換了其他人或許另當別論，但大人您是赤皇，您縱橫天下，任何情況都不見您退讓半步，今天又怎麼會為了這種事情左右為難？」

「是啊！可如果你像我一樣，從來是予取予求，沒有得不到的東西，你就會知道，當有某樣東西求之不得的時候，那感覺有多糟。」

熾翼自嘲地笑著，「凌霄，你知道嗎？當一樣東西對你來說太過重要，你就會害怕。得不到很痛苦，但就算終有一天得到了它，那種害怕失去的感覺，才是最最可怕的。如果你要對付仇人，最好的手段莫過於把他最想要的東西給他，然後再搶回來，當著他的面撕個粉碎。」

「已經到了這個程度嗎？」凌霄喃喃地問，「你愛那個太淵，竟然已經到了這樣的地步？」

「住嘴！」才喝罵出口，熾翼又似乎覺得嚇到了他，安撫似地摸摸他的臉頰，「凌霄，我以為你更聰明一些，只可惜……你知道自己該怎麼做吧？」

「我……」凌霄臉色一片死白。

「日出之前。」熾翼走到門邊，揚手丟給他一個玉製小瓶，「我答應你，會好好照顧你的母親。」

凌霄伸手接住，再抬頭時，門外已不見了熾翼的身影。他垂下目光，看著手裡小小的玉瓶……

「什麼人？」太淵走過迴廊時瞧見一個人影，仔細一看卻是嚇了一跳，「赤皇大人？」

背靠著長廊的柱子，坐在欄杆上的熾翼聽到聲音看了他一眼，然後不在意地說：「是你啊。」

「你喝酒了？」太淵敏銳地察覺到了他身上的異樣。

「酒？沒有。」熾翼搖了搖手。

「您這樣太危險了，還是先下來再說。」太淵多少有些憂心地說。

熾翼給人的感覺搖搖欲墜，像是一個不小心，就要跌落到欄杆外的東海裡去了。

「你怕什麼？就算我掉下去也淹不死的。」熾翼笑著朝他招了招手。

太淵謹慎地靠近了一些，在幾步之外站住，一臉恭敬的模樣。

「你就真的這麼討厭我？」

聽到熾翼嘆氣，太淵抬起頭。眼前的熾翼讓他想起了很多年前，也是這樣的夜晚，熾翼也是這麼散著頭髮，衣衫不整地……

如果熾翼不是喝醉了，又怎麼會是這種樣子？

「算了，過來幫我穿鞋。」一隻光著的腳伸到了太淵面前。

太淵又是一愣，盯著熾翼形狀優美的腳發呆。

「怎麼，不會嗎？」熾翼歪著頭問，長長的頭髮在夜風中飛舞，臉上掛著相當失禮的笑容。

「不。」太淵定了定神，彎腰從地上撿起鞋子，上前幫熾翼穿鞋。

熾翼卻不怎麼情願配合他的樣子，腳動來動去，讓他怎麼套也套不上去。耗了一會兒之後，太淵只能伸手捉住熾翼的腳。

「喂！」熾翼輕輕地喊了一聲，「摸夠了沒有？」

太淵這才意識到自己正一手抓著熾翼的腳踝傻傻地出神。他慌忙放開，朝後退了一步。

「你在想什麼？」熾翼挑了挑眉，故意問他。

在想什麼？不，太淵什麼都沒有想，發呆只是因為他沒有想到，熾翼白皙的腳踝竟會不堪他盈手一握，所以才……腦海裡一片空白。

「我想，是不是該找人送大人回去了。」太淵不著痕跡地又退了幾步。

「不要。」熾翼收回腳，整個人站到了欄杆上面。

「這……」太淵不知道該怎樣面對這樣的熾翼，一時之間說不出話。

「啊！」熾翼輕喊了一聲，像是站立不穩，整個人往後倒去。

太淵無暇細想，上前一把拉住了熾翼的手。熾翼被他一扯，順勢伏到了他的肩上，還攬住了他的脖子。

隔著單薄的裡衣，熾翼偏高的體溫和淡淡香氣包圍著他，他從熾翼的胸前抬頭，往上看去。

「太淵。」熾翼低下頭，輕聲地說，「你拉住我了。」

太淵點了點頭，心裡卻覺得哪裡不對勁，想了想還是說：「大人，我先送您回去。」

「凌霄在生我的氣，我今晚恐怕回不去了。」熾翼在他耳邊笑著，「反正你也是一個人，不如我們一起睡吧！」

「那就……委屈您了。」

「這是你的房間？」熾翼朝四周看了看，「怎麼連個服侍的人也沒有？」

「都遣去母后宮裡了，我這裡不是十分需要。」太淵頓了一頓才說，「那我現在把您放下來了。」

「我很重嗎？」熾翼很坦然地躺在他懷裡，「可是我沒有穿鞋，你也不會啊！」

「我不是這個意思，只是……」太淵頗感尷尬。

「也是時候了。」熾翼這麼說了一句，「把我放在床上吧！」

太淵把他抱到床邊，彎腰放了下去。

「你心裡一直在猜我為什麼不回去，卻硬是要你帶我回來。」熾翼攬著太淵的脖子，逼著他不得不保持著彎腰低頭的姿勢，「你怎麼不問問我為什麼呢？」

「這……」太淵眼底閃過一抹光亮，「這是大人的家事，太淵不敢妄議。」

「算一算，我這一生最狼狽的時候都被你見到了。」熾翼跪坐在床邊，「我也不想瞞你，我喝了酒！」

「喝酒？」太淵想了想，變了臉色，「難道你被下了藥？」

「幸好不是，如果像上次那樣可就糟了，要上哪裡去找地陰寒泉？」熾翼笑著說，「我喝酒，只是想舒緩一下情緒，喝得也不是很多。」

「大人可有心事？」太淵試探著問了一句，看到熾翼點頭卻又大惑不解，「沒有可能啊！還有什麼事能讓大人憂心呢？」

「沒什麼事，但人倒是有一個。」

太淵眉梢一動，恍然大悟，「是為凌霄大人？」

「也許。」熾翼放開他，既不承認也不否認，坐在床上悠閒地說著，「我現在不是需要你幫忙分析這些。」

「我這就去請凌霄大人過來。」太淵規規矩矩地肅手而立。

「等一下。」熾翼輕輕一撩頭髮，指尖順過火紅的鳳羽，隨著烏黑的髮絲滑啊滑，一直滑到了太淵身上：「別去了，我這個樣子會把他嚇壞的。」

「這是……」太淵愣愣地看著熾翼握住他的手，把他拉到了床上，這才驚醒過來，「赤皇大人！」

「這麼大聲做什麼？」熾翼整個人趴到了他的身上，「你是想讓人進來看見，我和你之間有多麼親密無間？」

「我不明白，赤皇大人這麼做是什麼意思？」看他越湊越近，太淵面色大變。

「果然有長進。」熾翼全然不理會他，只是在他耳邊說著，「要是換了以前，恐怕都傻了，現在居然還知道問問題。」

「赤皇大人，請不要再戲弄我了。」

熾翼停了下來，對上了太淵的目光。

「其實，我只是想要你幫個忙。」熾翼先把目光移開，把臉埋進太淵的胸前，「也許過一會兒場面會很糟糕，可如果是你，應該沒什麼關係。」

「是因為怕驚擾凌霄大人，你才不回去，而是和我在一起嗎？」太淵低頭看著他黑色的長髮還有鮮紅的裡衣，目光開始變冷。

熾翼停了一停，然後重重地點頭。

「承蒙赤皇大人賞識，太淵很高興能為大人分憂。」

「太淵，這樣的日子或許不會再有，你和我……」熾翼在他胸前輕嘆，「若是時光能夠留住……」

「有些事，過去了不能重來。」

「過去了不能重來？」熾翼念了一遍，雙手用力摟緊太淵。

「赤皇大人。」太淵用手肘支撐著兩個人的身體，低頭看著那個緊緊抱著自己的人。

「什麼事？」熾翼輕聲笑著，一隻手沿著太淵的胸膛放到了他的頸邊。

「在大人心裡，最想要的是什麼呢？」太淵順勢往後仰去。

「最想要的？」熾翼目光流轉，半真半假地說，「自然就是你了。」

「赤皇大人真是愛說笑。」太淵先是一愣，然後微微一笑，「雖然太淵有幸長得像大人的寵臣，還是不能一概而論。」

「你和他當然不一樣。」熾翼一用力，把太淵按倒在床上，「凌霄他是個讓人心疼的孩子，至於你……只是個很壞很壞的壞傢伙罷了！」

太淵一下愣住了。

「我們第一次見面的時候，你還是那麼小一個孩子，轉眼之間卻已經是現在這樣了。」熾翼輕輕地摸了摸太淵的臉頰。

「太淵怎麼能和赤皇大人相提並論，你戰功赫赫，連祝融聖君也禮讓三分。」太淵眸光一暗，「也許有一天，你會超越我們的父皇……」

「那又如何？」熾翼打斷了他，漫不經心地問，「就算有一天站到了無人可及之處，也未必真的有多麼高興。」

「如果無人可及，自然是……」話還沒有說完，太淵驚訝地看到熾翼湊了過來……

紅潤的嘴唇貼了上來，四目相對，熾翼瀲灩的目光中有著說不清道不明的東西，就像是在疼痛。

「真是掃興。」熾翼離開了那張終於安靜的嘴巴，「雖然很有效，但你就不能說些其他的話讓我保持清醒？」

「你……很難過嗎？」太淵看他的樣子，眉頭皺了起來。

「嗯。」熾翼應了一聲，倒在他的胸前，低聲地說，「別說話，陪著我就好。」

「可是……可是……」意識到熾翼的動作，太淵有些不知所措。

「別說話！」熾翼拉起他的手臂，輕輕咬了一口。

「大、大人……」太淵的聲音斷斷續續，「你這是……」

「脫衣服啊！」相反，熾翼倒是臉不紅氣不喘，「在床上穿得這麼整齊，不舒服。」

太淵還沒來得及問他，為什麼他不舒服要脫自己的衣服，就不知道被他用了什麼手法，脫到只剩了白色的裡衣。

熾翼剛拉想開太淵的裡衣，手卻被按住了。

「太淵，你說了要幫我的。」他咬著嘴唇，似乎在忍耐著什麼。

看在太淵的眼裡，現在的熾翼衣衫凌亂，目光迷離，足以使任何人為之瘋狂。不知他和那個凌霄在一起的時候，是否也是這種模樣……

「太淵！」趁著他分神，熾翼已經把他肩上的衣服拉開，一看以後突然笑了，「你還留著這個紀念？」

太淵的肩上，有一個十分明顯的齒痕。

「你留著它做什麼？」話是這麼說，熾翼臉上卻流露出無法掩飾的喜悅，「不過是被我咬了一口！」

太淵有些窘迫，還沒來得及解釋，卻感覺到肩上有一種溫潤的觸感。

「在這裡，我咬了兩次。」熾翼輕輕地吻了一吻那個白色的傷痕，問他，「你痛不痛？」

還沒有等到太淵回答，熾翼下一瞬已經抬起頭狠狠地吻住了他。

就和那時一樣，和在雲夢山的山頂的那個吻一樣，帶著淡淡的血腥、熾熱的溫度、如火焚身的感覺。

這只是唇和舌的糾纏，只是一個吻，怎麼就能連全身的鮮血都像在沸騰，像在火裡燃燒？

直等到太淵從令人眩暈的高熱之中清醒過來，才發現自己不知不覺把熾翼摟在身前，手指用力拉扯著他長長的黑髮，

「你真是熱情。」熾翼輕輕按了按被咬破的嘴角，又順手擦去了太淵嘴上沾染到的血跡，「不過我的血對你來說，不是什麼好東西。還是別這麼激動，我不希望你受傷。」

「熾翼，我……」聲音這麼沙啞，把太淵自己都嚇了一跳。

「到了這個時候，你倒是喊我熾翼了。」熾翼手指抹過，嘴唇上的傷口立刻消失，他勾起嘴角，對著太淵綻開笑容，「太淵，離天亮好像還有很久，不如我們……」

太淵多年之後，還是時不時地想起熾翼的這個笑容。他很確定，那個時候不論熾翼要他做什麼，他都不會拒絕。

他也時常會想，若是那夜之後，熾翼依舊時時對自己那麼笑著，也許一切……

就完全不同了吧！

8

天就要亮了。

太淵睜開眼睛，回想起昨夜，感覺是做了一個迷亂的夢。身邊的人安穩地睡著，呼吸聲細微可聞。那種銳意飛揚的感覺，在沉睡中顯得柔和了許多。

和上次還有上上次一樣，昨夜兩個人那麼貼近、那麼親密了，他卻能突然之間轉身睡去，任由自己輾轉反側，一夜不眠。

熾翼，火族赤皇，就像是一個殘酷的旁觀者，總帶著曖昧的微笑，對任何人若即若離。誰會想到，這樣的他也有一天會為了某一個人，露出近乎黯然神傷的表情。

也許自己能夠看透他人的想法，掌握每一個人的欲望，但是唯獨對他……就算和他靠得這麼近，已經到了觸手可及的距離，卻根本沒有辦法透析他心中所想。

那個人是怎麼接近了熾翼的心？還以為他任性狂傲，沒有人能在他心中停駐。還以為他飛揚灑脫，是無法追逐的天之驕子，還以為除非折斷他的翅膀……

看到熾翼的眼睫微微一動，太淵連忙閉上了眼睛。

熾翼醒了過來，他轉頭看了規規矩矩的太淵一眼，自嘲地笑了笑。

動了動痠軟無力的手腳，剛要起身，他卻察覺頭髮被扯住了。兩人的幾縷長髮互相結繞，在太淵的指尖成了一個理不開的死結。

他手指輕輕劃過，纏繞處髮絲根根斷開。

下了床鋪，熾翼整整衣物，穿好鞋子，隨意束起長髮，然後頭也不回地走出了太淵的房間。

太淵坐起身子，把手掌握緊用力一扯，再次攤開手掌，那上面靜靜地躺著一縷頭髮。那是他和熾翼，烏黑中夾雜幾絲豔紅的、理不開的髮結……

走出屋子不遠，熾翼一手撐在樹上微微喘息了幾口。轉眼之間，那棵枝繁葉茂、少說活了上千年的銀杏就化成了灰燼。

花費在壓制紅蓮火焰上的時間越來越長，也就代表距離涅槃之期越來越近。到了這個時候，本該找一個無人知道的地點靜靜等待，直到浴火重生，但是現在的情況，又怎能容許他一走幾百年？再怎樣辛苦，他也只能竭力忍耐，至少等到解決了目前這個棘手的麻煩才能放心。

醉酒是假，身體不受控制卻是真的，所以他才不得不用裝睡掩飾自己突然開始顫抖的身體。熾翼挺直腰背，回過頭，遠遠看了那扇被他關上的房門一眼。

他閉上眼睛，傾聽著在腦海盤旋了一夜的話語。

太淵，從下一刻開始，也許我們之間，終於什麼都不剩下了。

你選擇了你的道路，而我有我的堅持，水火兩族延續了千萬年的仇隙，最終還是不可避免地放到了我們的面前。

今後會是如何，誰都不能回答。我只是不希望，有一天我要親手終結你的性命，來作為這一切的結束。

熾翼笑了，無聲地笑了。

這種感覺，簡直就像是五臟六腑都要壞了，所以讓整個胸口都在發酸。

他之所以笑，是因為沒有想到自己竟會這麼多愁善感，但到此為止了！熾翼可以軟弱，赤皇不能！

赤皇只披了一件外袍，手裡抱著一個人就衝進了大殿。走到近處，能看到他懷裡抱著的人膚色發青，看樣子更像是一具屍體！

就算赤皇在火族位高權重，更身為帝后的兄長，但衣衫不整地抱著一具屍體來到水族帝君面前，還是太過放肆無禮了。這裡畢竟是水神轄下的千水之城，不是南天的鳳都棲梧。

話是這麼說，但大殿上集結的數百水族，沒有一個敢上前斥責或者置疑。所有人只是看著，在心中暗暗疑惑。

赤皇邊走，目光邊在眾人臉上掃過，被他看到的人，無一例外背脊一寒。文臣們還要好些，武將們卻一個個心中發怵。哪怕在戰場之上，他們也不曾見過赤皇的目光像今天這樣凌厲。

有眼尖的，看清了他懷裡抱著那人的臉，登時驚詫不已，直覺地看向大殿某處。往日在那個位置站著的，是水神共工帝君的第七皇子。

幸好，那個一身青衣、性格溫順的皇子，今天還是一如既往地站在那裡。大家放下心再仔細地看，發現眉目中或許幾分相似，但還是有著不同。

隨著一陣陣竊竊私語，整個大殿的人很快都知道了，被赤皇抱在懷裡的，原來就是那個以色相侍奉赤皇的「凌霄大人」。

聽說，這位「大人」跟著赤皇來到千水，怎麼會成了這副模樣？

「赤皇，你這是做什麼？」坐在王座上的共工終於發問了。

「帝君。」赤皇一開口，大殿上的人都有些吃驚，因為他的聲音實在沙啞難聽至極，「水族的王城千水，居然發生這樣的事情，東海是想和我火族再次開戰不成？」

要說聽到赤皇的聲音是有點吃驚，那現在聽到他這麼說，所有人都是嚇了一大跳。赤皇口中說出這種話來，可不是說笑。他說要戰，東海南天免不了又要鬥上千年。

就算是水神共工聽了，也十分愕然。他從靠著的王座上直起身子，疑惑地問，「到底出了什麼事情？」

「有人在我飲食之中下毒，卻誤殺了凌霄。」

這話一出，殿中又是一片驚嘆。沒人想到，竟然有人膽敢做出這種事來！

共工不清楚凌霄和熾翼的關係，等身後的隨侍提醒了幾句，這才明白過來。

「我知道你心中悲憤，但是也不要貿然地下了判斷。」共工想了想，才說，「是誰下毒，你心中有數嗎？」

「其他的事情我不管，我只問帝君一句，人是在千水之城被害，你水族可是難逃干係？」

「這也不能一概而論。」共工看了看那具沒了氣息的屍體，覺得這件事情有點棘手，「要看是誰下的手。」

「既然帝君問我，我就直接答了。」熾翼冷冷一哂，「這千水之城，怨恨我的何止三兩人，要說誰下的手，城裡人人都脫不去嫌疑！」

「放肆！」共工惱怒起來，「熾翼，你好好說話也就罷了，我總會為你討個公道，你現在這樣蠻橫，難道連我也不放在眼裡？」

「帝君。」熾翼垂下眼簾，看著臂彎中冰冷的身體，「若是你心中所愛這般無聲無息地死去，你可還會顧及禮儀？若是從此以後，你和他不可能回到從前，你們之間什麼都不再剩下……你又會如何？」

他越說聲音越輕，說到後來，已微不可聞。

眾人看著他將臉貼在死去情人的頰邊，一滴血紅液體從眼角滑落，滴在凌霄蒼白的嘴唇上，那顏色豔麗得觸目驚心。

大殿一片寂靜，就連共工也愣在了那裡。

傳說鳳凰失伴之時，心頭之血會和淚流出……

共工嘆了口氣，「你想要我怎麼辦？」

「下手的人，一定還在城裡。」熾翼抬起頭，語氣強硬地說，「我絕不會就這麼甘休！」

所有人的目光都放到了共工身上。

「人是在我千水之城遇害的不錯，也不能說我水族半點責任沒有。」共工略一沉吟，「好！為了表示公允，我准你仔細搜查千水之城，直到滿意為止。」

共工這話一出，人人譁然。

「帝君！」共工長子奇練第一個站了出來，「我們都不希望發生這種事，真相是一定要徹查的，但是搜城之舉牽連太廣，怕是不妥。」

「有什麼不妥？我說讓他搜查，就算他把千水每一寸土地都翻過來檢查，也沒什麼關係。」共工一句話做了決定，「只要熾翼找到實證，不論是誰做的，我都把人交他全權處置。」

共工做出了這樣的承諾，眾人也不敢再多說什麼。

「多謝帝君體諒。」熾翼彎腰拜謝，「熾翼還有最後一個要求。」

「你說。」共工似乎被他勾起了心事，有些心不在焉地應道。

「這座大殿上的人，今日之內都要留在這裡，以防走漏了風聲。」

「奇練。」共工招了招手，「關閉四方殿門，除非赤皇允許，任何人不得出入大殿。」

熾翼轉過身，抱著凌霄的屍身往外走去。經過盤龍柱下時，他的腳步微微放緩。側目看去，玉骨摺扇遮住了那人的表情，但望著自己的目光卻是前所未有地冰冷。

熾翼輕哼一聲，大步走了出去。

一出大殿，他就把手中屍身交給了一旁的侍官，其他侍官們則手腳俐落地幫他換好衣物。

「人來了沒有？」熾翼推開想要幫他綁上羽冠的侍官，極不耐煩地問道。

武將模樣的人立刻上來回話，「啟稟赤皇，隨駕的一千衛軍已在城外，隨時聽候大人調遣。」

「你聽仔細了。」他取過火紅長鞭，纏上手腕，「我要找的是一個火族男子，他可能被囚在城中某處。吩咐下去，包圍內城各處宮殿，不許任何人出入。給我仔仔細細地搜查清楚，一寸土地都不許放過，一旦有了發現立刻通報！」

「他搞什麼鬼？」奇練站在唯一沒關上的殿門外，滿臉疑惑地看著匆忙離去的熾翼，「你知道不知道怎麼回事？」

「我怎麼會知道呢？」站在他身邊的太淵淡淡地答道。

「你不知道？」奇練微側過頭，看似不在意地問：「你昨晚不是一直和他在一起？」

「那也不代表我知道什麼。」太淵輕輕搖著扇子，遠遠看著那個快要消失在視野中的紅色背影，「也許誰都不知道他心裡到底在想些什麼。」

「熾翼比誰都要厭惡束縛，卻也比誰都活得拘束。」奇練嘆著氣說：「太淵，你和熾翼一直以來走得太近，這原不應該，不過他難得願意和人親近，我也不便多說什麼。可你心裡要清楚，以你們兩人的身分，是不容許他肆意動情的。」

「大皇兄，你可知自己在說什麼？」太淵詫異地看著他，「先不說別的，難道大皇兄你的意思，是以為赤皇大人對我情有獨鍾？若真是這樣，那他方才在殿上又怎麼為了別人流淚呢？」

「不是情有獨鍾，若要我說……」奇練慢慢地說，「是兩情相悅。」

「真不知道大皇兄這麼愛說笑。」太淵用摺扇遮住嘴角，笑著說，「大皇兄口口聲聲說我和赤皇大人關係匪淺，我倒是覺得，大皇兄您對他倒是瞭解得意外透澈。那我可以說，大皇兄您對赤皇大人也是一往情深嘍！」

「當局者迷，是與不是，日後自然會清楚的。」奇練溫和地笑了笑，「不談這些，我們還是快些進去，省得被誤以為和這事有關，那可不好。」

「我正有此意。」太淵收起摺扇，「大皇兄，您先請。」

奇練看了他一眼，內心有些發寒，不知怎麼覺得哪裡不對……

「還沒找到嗎？」熾翼看了看迴廊外的天色，不由得焦慮起來，「每一個地方都搜過了？」

「不，只是……」負責搜查的下屬吞吞吐吐起來。

「說！」

「回稟大人，所有宮殿我們都一一搜過，只有一處沒能進去。」那人被他焦急的語調嚇了一跳，急忙回報，「那是碧漪帝后的寢宮，我們一直被擋在門外，說是碧漪帝后身患重病，絕對不許驚擾。」

「碧漪的寢宮？」熾翼目光一閃，喃喃地說道，「我知道了！」

「赤皇大人留步！」帝后身邊的女官依妍在宮門外擋住了他，「帝后剛剛服藥歇下了，請不要驚擾她。」

「我不想驚擾帝后，但是我要辦的事也極為重要。」熾翼皺著眉說，「妳放心，我會讓他們盡量不發出聲音。」

依妍很為難地看著他，「赤皇大人，帝后已經很久沒能睡著了，我看……」

「抱歉，我沒多少時間。」熾翼手一揮，身後的人立刻上前拖開依妍，「日後我會親自向帝后請罪！」

「大人！」依妍在他身後著急地喊道，「帝后不知道您在千水，千萬不要讓帝后見到您啊！」

熾翼停下腳步，呼了口氣，點了點頭。

「啟稟大人，我們每一處都搜過了，沒有找到。」

「那就快些離開。」熾翼吩咐道，「小心些，不許弄出聲響。」

「是！」下屬輕聲應了。

熾翼目光複雜地環視了一眼，最後一個往宮外走去。剛走到宮門外，竟看到奇練迎面走來，熾翼不由得一愣。

奇練走了過來，「父皇讓我過來問問有什麼進展，可有需要幫忙的地方？」

「多謝帝君關心。」熾翼緊緊地盯著他，「帝君可是等得不耐煩了？」

「你千萬不要多心。」奇練搖頭，「父皇只是關心，沒有催促的意思。」

「是誰提醒帝君，讓你來看看情形？」

「什麼意思？」他問得古怪，奇練有些摸不著頭腦，「什麼誰提醒？是太淵他說……」

「太淵？」熾翼面色大變，看了看他身後的侍官，急忙問道，「你帶了幾個人出來？」

「怎麼了？」奇練也跟著慌張起來，「是指從殿中出來嗎？三、四個吧！」

「走開！」熾翼一把推開他，抓起他身後的侍官長，「你們一共幾個人出來的？」

「回……回赤皇大人！」侍官長嚇得直哆嗦，「是……是五個……」

「五個？」熾翼咒罵了一聲，「該死！」

「怎麼只有四個人？」奇練也發現了不對，「還有一個呢？」

幾個侍官互相看了看，然後一起搖頭。

「不見的那個是誰？」奇練知道這件事情非同小可，難得聲色俱厲地問，「最後看到他是在哪裡？」

「算了算了！」熾翼放開了侍官長，喃喃地說，「終究是白忙一場……」

「熾翼！」看他有些搖晃，奇練嚇了一跳，「你怎麼了？」

熾翼雙目一閉，看似要倒下的模樣，奇練連忙伸手去接。他剛張開嘴準備驚呼，就聽到有人高喊熾翼的名字，接著眼前一花，本該倒向自己的熾翼就落進了那人懷裡。

「熾翼！熾翼！」

熾翼睜開了眼睛，看著眼前熟悉的面孔，一時間竟不知自己身在何處。

「究竟出了什麼事情？」另一個聲音傳來，「你們兩個為什麼打了起來？」

「打起來？」奇練茫然地回答，「兒臣怎麼會和赤皇大人打起來呢？」

「那你的侍官怎麼會跑來回報，說你們兩人一言不合打起來了？」共工疑惑地反問。

熾翼猛地一顫，突然驚醒了過來。

「請放開我，七皇子。」熾翼站直身體，冷冷地說道。

太淵鬆開手，一步一步走回共工身後。

「這到底怎麼回事？」共工看他們這幾個人好像突然啞了一樣看來看去，頓時不耐起來，「赤皇，你說要搜城我讓你搜了，現在這是什麼局面？你可有找到凶嫌？」

「不曾。」這兩個字從熾翼牙縫裡迸了出來。

「還要繼續搜找嗎？」

「多謝帝君，我想不用了。」熾翼眼角一挑，對上了那雙深邃平靜的琥珀色眸子，「只能怪我棋差一著，那個人實在太過厲害。」

共工皺了一下眉頭，「既然如此，你心情悒鬱，又折騰許久，還是先去休息一下，這件事情我會著人去查的。」

「多謝帝君。」熾翼行了個禮，長袖一捲就要帶人離開。

「你們別攔著我！」忽然，眾人身後傳來了響動，「聽說他來了，我要去見他！」

熾翼認出那是碧漪的聲音，腳步一滯。

「是誰？」共工在旁發問。

「回父皇，是兒臣的母后碧漪。」他身邊的太淵答道，「母后定然是聽到父皇來了，所以不顧身體來見您一面。」

「碧漪……」共工略一沉吟，「她好些了嗎？」

「還是那樣。」太淵神情中帶著憂愁，「說是鬱結入心，傷心所致。」

「鬱結入心嗎？」共工嘆了口氣，「她曾說不願見我，現在……只怕見了我更不好過。讓她好好休養吧！」

太淵轉身就走進大門去了。

「母后，妳怎麼出來了？」門外眾人聽到了太淵的說話聲，「回房休息吧！」

「他來了是不是？」碧漪的聲音虛弱，「我知道他來了，他來了為什麼不來見我？他不知道我就要死了嗎？難道他連最後一面都不肯見我？」

門外的人聽到這裡，心裡所想各有不同。

「母后，沒人來啊！您病糊塗了，聽我的，回去休息吧！」太淵似乎在吩咐什麼人，「快把母后扶進去。」

門後許久沒有聲音。

「帝君，熾翼告退。」熾翼看共工一行還站在那裡，想自己還是先行離開比較好。

「熾翼！熾翼！」門裡再一次傳來碧漪的聲音，「是你嗎？真的是你在外面對不對？你為什麼不願意見我……為什麼……」

說到後來，竟然斷斷續續，像是哭泣一般。

所有人的臉色都變了。

「奇練。」共工俊美的臉上神情陰沉，「我是不是聽錯了，碧漪她喊的，不會是赤皇大人的名字吧？」

奇練一臉為難地看了看熾翼，「也許是帝后她病糊塗了……」

「好一個病糊塗了！」共工冷冷一笑，「我一直對她心懷愧疚，卻沒想她這般鬱結根本就不是為我。我倒是覺得一陣輕鬆，你說是嗎？赤皇大人！」

「帝君，我可以解釋。」

「解釋？」共工仰頭一笑，「你倒是解釋給我聽聽，為什麼她會說那些話？你又要怎麼證明，你和我的妻子之間清清白白？」

「那是……」被共工盯著，熾翼一時竟說不出話來。

「母后，母后您怎麼了？」門內突然傳來太淵的驚呼，「快！快去找人來幫忙！」

眾人的目光集中到門上，一個紅色的身影這時也從門裡跑了出來。

熾翼一愣，然後立刻反應了過來，他一揚衣袖，竟然是一股豔麗火焰直往那人身上燒去。

「紅蓮！」奇練目瞪口呆地喊出了這兩個字，眼睜睜看著赤皇用他在戰場上也不輕易使用的紅蓮烈火，轉眼就要把那個連長相也看不清的人燒得連灰燼也不剩。

他還沒有從看到紅蓮烈火的震驚中恢復過來，只覺得眼角一花，然後那焚燬一切的紅蓮火焰，竟然熄滅了！

「父皇？」奇練張大了嘴，不明白為什麼擋在那人身前化解熾翼火焰的，居然是自己的父皇共工。

共工站在那裡，最外層金色的紗衣幾乎都化作了灰燼隨風四散，黃金的冠冕也被損壞，他直到腳踝的黑色長髮隨風飄揚，纏到了身後那穿著紅衣之人的身上。

「你……是誰？」水族帝君共工這一生中，從沒有用這樣不確定又溫柔的語氣對人說話。

奇練看到了他那永遠高高在上、不知畏懼為何物的父皇，臉上居然有一種幾乎稱得上是害怕或者恐懼的表情。

9

站在共工身後的那人抬起了頭，奇練看清那清秀熟悉的容貌之後，心裡的驚訝簡直到達了頂點。

那不是……紅綃嗎？

下一刻奇練就知道自己錯了，雖然容貌相似至極，但那人衣衫單薄，一望可知是男性。這只是一個長得和紅綃極其相似的男子罷了！

「竟然真的在這裡。」這時，熾翼陰鬱至極的聲音傳來。

那人根本不理站在面前的共工，只是在經過時淡然看了他一眼，然後走到熾翼面前，雙膝一曲跪了下去。

熾翼臉色蒼白，雙目之中燃著洶湧怒火，好似靠近一些就要被焚燒殆盡。那人抬起低垂的頭，看到了熾翼的神情，雙眉微微一皺，好像想說些什麼，卻又不知從何說起。

「赤皇。」共工嘴裡喊著熾翼，但是目光從沒有離開那個人，「他……」

眾人把目光轉回共工身上，就連那個人也不例外。但他在對上共工的目光之時，雙眉皺得更緊。

「翔離。」熾翼眼角一陣抽搐，自從奇練認識他到現在，還是第一次看到他臉色這麼難看，「還不拜見水神共工帝君。」

那人看看共工，又回頭看了看熾翼，目光茫然。熾翼抓著那人的肩膀，把他從地上拉起，他纖細的身影晃了一晃才算站穩。

「若是禮數不周，還請帝君見諒。」熾翼雙眉一挑，陰沉沉地說道：「翔離他天生有殘，耳不能聞，口不能言，才會不懂規矩。」

「什麼？」共工身形一展，已經到了他們面前，「你說他什麼？」

共工神情有些猙獰，那人似乎被嚇著了，一閃身躲到了熾翼背後。

「翔離他生來聾啞，既不能聽，也不會說。」熾翼巧妙地擋在兩人中間，冷冷說道，「他自小怕生，還請帝君不要驚嚇到他。」

共工重重往後退了一步，看著那個幾乎隱沒在熾翼背後的身影，目光裡充滿了不信。

「翔離……翔離？」這名字聽來耳熟，但是奇練一直想不出在哪裡聽過。究竟是出了什麼事情，為什麼父皇和熾翼見到這個人以後會是這樣奇怪的反應？這人不過是和紅綃長得很像……等等！他想起來了！

「翔離？不是你那個早已夭折的幼弟？」奇練驚訝地低喊，「又怎麼會……」

「這其中的緣故，本就不足為外人所道。」熾翼一句話堵住了所有的疑問，「這是火族家事，就不勞白王大人操心了。」

「他和紅綃……」

「回稟帝君。」雖然此刻局面已經無法收拾，但看到共工神不守舍的樣子，熾翼心裡居然有一種惡毒的愉悅，「翔離和紅綃一胎雙生，自然長得極為相似。」

奇練「呀」了一聲，這才明白怎麼會如此相像，但是他心裡的疑問也越來越多。畢竟，水族之中，從未聽說有「雙生」兩存的現象。這種情況之下，通常順利長成的只有一個，另一個往往出生不久就會夭折。

「翔離，跟我回去。」熾翼一把拉住了翔離的手腕，「你出來得也夠久了。」

翔離低著頭，順從地讓他抓著。

「慢著！」就在熾翼拉著翔離轉身要走的一刻，共工突然出聲。

「不知帝君還有何事？」

「熾翼，你把我當成了蠢材不成？」共工面色恢復了些許鎮定，「又或者你把這裡當成自家宮殿，說來就來，說走就走？」

「今日帝君的大度縱容，熾翼心懷敬重。」熾翼眉目一斂，「雖然未曾尋到凶嫌，我心中也無不滿，往後自然會繼續追查。只是不知帝君現在阻攔我帶著翔離離去，又是為了什麼？」

「奇練，你帶人進去看看情形。」共工沒有立刻回答，倒是把奇練支開。奇練滿腹驚疑，也不敢違背共工的意思，行禮後讓隨侍一同退進了門內。

「他為什麼會在碧漪宮裡？」共工的目光絲毫沒有離開過翔離的身上。

「這件事情我不太清楚。」熾翼目光滑過翔離低垂的眉眼，「我這個弟弟性情特異，喜歡到處遊蕩，他為什麼會出現在碧漪帝后的寢宮，待我仔細地問一問他，定然會給帝君一個滿意的答覆。」

「祝融待他不好。」共工突然說，「你看他的樣子……」

「翔離生來病弱，父皇讓他在外靜養也是不得已。」熾翼看到共工的眼神心中一震，「帝君，翔離是我火族皇子，說到底這是我火族的家事。」

熾翼刻意加重「家事」兩個字，意在提醒共工不要失禮，但是他也知道，對於這個目中無人的水神來說，告誡起不了什麼作用。

「家事？」共工面色一沉，果然被觸怒了，「到了這個時候你還跟我拐彎抹角？」

「熾翼不明白帝君的意思。」

「熾翼，你好高明的演技！什麼搜索凶嫌，竟連我都被你瞞過了！」共工衣袖一揮，烏黑的眼中閃過晦暗的光芒，「你見到他就用上了紅蓮烈火，是想要殺了他嗎？」

「帝君你也知道我脾氣不好，看到出走多時、讓我白白憂心的翔離，我一時氣不過才會出手。再說翔離也是火族，紅蓮烈火至多讓他小小受些教訓罷了，何來殺害一說？」熾翼冷哼一聲，「再者，帝君說的話好生奇怪，難道帝君的手已經長到要來管我火族的家事了？」

熾翼一副坦然不懼的樣子，心中卻在扼腕嘆息。他剛才釋出紅蓮烈火，本意並非殺了翔離，只是希望暫時毀去翔離面貌。沒想到自己法力大減，否則共工又怎麼有機會看清翔離面貌，更別說擋住他猝然出手的紅蓮烈火了。

「放肆！」共工是何等人，怎麼容許別人如此頂撞，當下手一揚，一掌往熾翼胸前印去。

熾翼本要騰身閃避，但是心中一動，把身後的翔離拖到面前，擺明是要翔離為自己擋這一掌。

共工一看到翔離淡然清秀的臉迎面而來，在半途硬生生地收回了掌勢。

翔離修長黑眉一蹙，清水般的眼眸望了共工一眼，然後慢慢退回了熾翼身後。

這期間他的神情並無半絲異樣，就好像站在面前的是一個素不相識的莽撞生人一般。

「熾翼。」共工的臉色發白，「你給我好好說清楚，這究竟是出了什麼差錯，為什麼他……會是……」

「是帝君最初在不周山上遇見的那人。」

在共工為翔離擋住火焰的刹那，熾翼就知道隱瞞已經不再必要，就算自己不說，共工很快也會知道前因後果。

「其實這件事情並不難想透，帝君心中應該已經有了答案，我也不想多費唇舌。」

共工盯著翔離，目光暗潮洶湧，但是翔離的眼中，依舊一片平靜無波。

「你……」似乎是被翔離的冷淡無情傷到，共工的臉上多了一絲神傷。

看到共工的樣子，熾翼也在心裡暗暗嘆息了一聲。

他早已知道共工鍾情的是自己這個毫不出眾的弟弟，但怎麼也想不到，這地位尊貴的天之驕子，會為了一段萍水相逢的感情如此神不守舍。

但轉念一想，自己又有什麼資格評說別人？

「翔離，我們走吧。」

「慢著！」一轉身，共工又站在了他們面前，「你走可以，他必須留下。」

「不知帝君以何種名義要求翔離留下？」熾翼嘲諷笑道，「妻舅？」

「不論何種名義，我就是要他留下！」共工的專制顯露無疑，「你莫要等我理出頭緒，再和你一一清算！」

「帝君這麼說，可是不惜和火族為敵？」熾翼雙眉一挑。

「我是說，沒有本帝君允許，你們一個人也走不出千水之城。」

熾翼當然知道共工是什麼意思，若是以大局為重，他應該把翔離留下，但是……

見翔離一如平常淡然不驚的模樣，他實在有些不忍心，才會想將人帶走。畢竟，翔離留在這裡太過危險。

熾翼又在心中嘆息了一聲。他也不知道自己怎麼了，難道說這些年以來，自己非但身體和法力變得軟弱，連心也不知不覺柔軟起來了？

若是以往，他必然二話不說就把翔離交給共工，然後返回棲梧謀求對策，又怎麼會在這裡猶豫不決？

就在這個時候，翔離掙脫了他的手。熾翼心裡一驚，看到翔離目光中的明瞭，不由得皺起眉頭。

翔離天生殘缺，卻冰雪聰明，定然從自己和共工的神色察覺了什麼。

「翔離，你留下。」熾翼面對著翔離，用口型對他說道，「你要小心。」

翔離看著他半晌，點了點頭。

「翔離生於山野，不知禮數，還請帝君多加包涵。」熾翼退開兩步，朝共工拱手，「熾翼就此告辭，不日再來拜訪帝君。」

突然，耳邊傳來另一個聲音，「赤皇大人請留步。」

熾翼轉過身去，望進了一雙深不見底的眼睛，他的手竟然不受控制地微微一顫。

「赤皇大人，母后想要見您一面。」太淵的目光說不清是恨還是怨，「母后剛才吐出了元珠，或許……這是最後一面了。」

熾翼聞言一愣，他知道對於青鱗而言，吐出元珠意味著命不長久了。

「兒臣知道這樣要求實在大逆不道，但是還請父皇體諒母后，允許母后再見赤皇大人一面。」

熾翼發愣的時候，太淵已經跪到了共工面前，「兒臣願承擔父皇責罰，還望父皇成全母后最後的心願。」

共工目不轉睛地看著站立一旁的翔離，似乎天地間除了他再沒有什麼值得掛念的東西。在太淵以為他不會允許的時候，共工嘆息了一聲。

「去吧。」共工的聲音透著掩飾不住的疲倦，「看在她也算痴情的分上，你就去見她一面吧。」

熾翼走進碧漪的寢宮，這是他第一次也是最後一次踏足這裡。

他看著緊跟在自己身後，好像沒有打算迴避的太淵，唇畔揚起了譏諷的笑意。

「赤皇。」太淵的聲音輕柔地傳進耳中，「母后情緒不穩，還請赤皇大人多加安慰，她已經受不得刺激了。」

熾翼沒有答話，慢慢走進了碧漪房裡。

碧漪躺在榻上，眼睛睜得很大，眼眶深深地凹陷了下去。熾翼不敢相信那個美麗動人的碧漪，會變成眼前這麼憔悴可怕的模樣。

「熾翼，你真的來看我了嗎？」碧漪喊得很小心，生怕眼前只是幻影。

「母后，赤皇大人聽說您病重，特地來看您了。」太淵在一旁搶著回答。

熾翼帶笑看了他一眼，然後坐到了碧漪榻邊，任由她一把握住自己的手掌。

「碧漪，多年不見，妳憔悴了許多。」在碧漪期盼的目光中，熾翼語氣溫和地說，「為什麼不好好保重自己？」

「你終於來了！你可知我日盼夜盼，等的就是再和你見上一面？」碧漪拉起他的手，貼著自己的臉頰。

「是啊！」熾翼的笑容有些迷離，「我來了，妳打算如何呢？」

「你來了就好！」淚水從碧漪深陷的眼眶中湧出，「我知道我快要死了，我不想死在這裡，你帶我離開好不好？」

「妳想去哪裡？」熾翼笑著問：「不論什麼地方都好嗎？」

「只要能和你一起離開這裡。」碧漪痴痴地望著他，「只要能和你一起離開，就算立刻死了我也甘願。」

熾翼抬頭看向太淵，太淵愣愣看著他，似乎不明白他為什麼能笑得這麼開心。

「不可能的。」太淵聽到熾翼在說，他看著自己在說，「妳本就不應遇上我，更不該說愛上我。妳和我本是雲泥，為什麼妳總是不明白？」

「這是……什麼意思？你是說……你從來就……」

「碧漪，妳仔細聽著。」熾翼的聲音冰冷無情，「我不曾愛妳，過去不曾，現在沒有，將來更不可能。妳若是為我死了，就是這世上最蠢的蠢材，我半分也不會憐惜。」

「熾……」

「碧漪，妳不知道嗎？妳掛在嘴邊的並不是對我如何愛戀，而總是問我何時能帶著妳遠走高飛。」熾翼笑著說：「或者說，妳根本不曾愛上我，妳愛的，只是一個能將妳從這裡救出去的男人，一個可以和共工抗衡的對手。妳以為妳愛著我，不過是在妳想要擺脫這清冷生活時，正巧遇上了我而已。」

「不是的……」碧漪的眼神一片混亂。

「可憐的，難道不是被當作藉口的我嗎？」聽起來像是自嘲，但是熾翼神情依舊那麼高傲，「碧漪，我們從來不曾愛過，一切都只是妳的痴心妄想。我勸妳還是安安心心養病，死了心在千水之城當妳的水族帝后。」

碧漪一口鮮血噴了出來，濺得熾翼半邊臉上全是斑駁血漬。熾翼看了昏迷過去的她一眼，站起身往外走。

「你還真是忍心……你我都知道，事實並不完全如此。」太淵走到榻邊，低頭看著伏倒在那裡的碧漪，慢慢地說道：「愛上你，是她的不幸。」

「太淵，你知道嗎？」熾翼轉過身來，「這一生我只曾為一人心動，除了他，別人休想從我心裡分去一絲愛意，憐憫也不行。」

太淵回過頭，熾翼對他笑了一笑。晴朗陽光中，熾翼一身火紅的衣裳，半邊臉上一片豔紅血跡，笑容帶著一種妖異的殘忍，卻還是……那麼耀眼美麗……

太淵覺得自己早已冰冷堅硬的心，密密纏繞上一種難以說清的酸澀。

都是因為這個如烈焰一樣的人，一個已經相識千年，卻依舊無法靠近半步的人……

南天，棲梧城。

「大人，有人在宮門外求見。」

「我說過，誰都不見。」等了半晌，語速緩慢的聲音從帳後傳出，「你難道沒聽懂嗎？」

化雷猶豫地說道：「那人手上持著您的赤皇令。」

「赤皇令？」門裡的聲音一頓，「你可看清那個人是誰？」

「這……那人遮著面目……」

「讓他進來吧。」

「大人，那人身上的氣味不像火族。」相較於熾翼的命令，化雷倒是不安起來，「我們和東海的戰爭千萬年來也未有過如此激烈的時刻，連聖君和水神都雙雙戰死，若是……」

「你在害怕什麼？怕他們派人刺殺我？」房裡的熾翼笑了一聲，「他們現在自顧不暇，哪裡還有這些腦筋。」

「大人您的傷……」

「不礙事。」熾翼想了想，「翔離他可好？」

「翔離大人一切安好，只是聽侍者說，大人不時遠眺東方，一望就是一日。」

「隨他去吧。」熾翼的聲音有些倦怠，「有些事情，別人幫不上忙。」

「是。」化雷黯然答了，「大人，您為了幫助煉化五彩之石失去一半血液，當務之急是借助外力……」

「住口！」熾翼打斷了他，「我不是說了，不許再提起這件事！」

「大人！我不知道您為什麼答應幫助華胥女媧煉石補天，可您是我火族最後的希望！」化雷跪在門外，苦苦勸說，「若是您再不願涅槃，火族最終將亡在大人的手上。」

「你是在咒我死嗎？」熾翼笑了一陣，「再說，你是想我借助什麼外力？」

「只要告訴翔離大人……」

「化雷，別逼我殺了你。」熾翼動了怒火，「這種事情想也不許想！」

「我不明白，大人您究竟在想些什麼？」化雷喃喃地說，「難道還有什麼比您的安危更加重要？」

「共工和父皇一同戰死，我又……若是讓翔離涉險，火族還有誰能依靠？」熾翼輕聲地說，「化雷，和北鎮師大軍對戰時，你就留在棲梧。翔離畢竟還太年輕，你好好照看著他，萬一戰敗，就和翔離帶著火族往南荒遷徙。水族天生喜水，不可能大肆往炎熱無水的南荒追擊，只要能夠休養生息，總有一天我們還能捲土重來。」

化雷一聽，嚇得魂不附體，「大人！失去共工，水族根本不足為懼，您為什麼要說這些話？」

「要是我法力依舊……」熾翼停了下來，然後吩咐，「去吧，把那人帶過來。」

「大人！」

「不要多話！」

「是……」化雷心中惶然，卻不敢違逆，行禮之後往外退去。

化雷帶著那個全身上下裹著黑布的人往熾翼宮中走去，一路上，他不斷猜測著對方的來歷。

「你，等一下！」一旁突然傳來了喊聲，「就是那個穿黑衣服的！」

化雷腳步不由得停了下來，那人也就跟著站在原地。

「化雷大人，這是誰？」轉眼，喊住他們的人已經走到了身後。

化雷皺眉，但還是轉身打招呼：「凌霄大人。」

「他是誰？」站在那裡的，赫然是早就「中毒身亡」的凌霄。

「這位是來求見赤皇大人的訪客。」

「他是水族吧！」凌霄皺著眉，「我們和水族正在交戰，怎麼會有藏頭露尾的水族求見？」

「凌霄大人，赤皇大人正等著見他。」化雷一語帶過，「您應該知道赤皇大人最近心情不好，還請不要讓我為難。」

「你……」凌霄看了他一眼，哼了一聲，「我也要去！」

化雷為難地說：「大人他說……」

「他不是說他什麼人也不見嗎？」凌霄語氣十分煩躁，「這些天他連我也拒之門外，卻願意見這傢伙……我今天一定要見到他！」

化雷嘆了口氣，默默地帶路。

「化雷，你下去吧。」熾翼的聲音從帳後傳來。

「熾翼！」化雷還沒有應聲，凌霄已經往簾帳走了過去，「好些日子不見了，我想來看看你。」

「誰讓你來的？」

熾翼聲音嚴厲，嚇得凌霄停住了腳步。

「你來這裡做什麼？」他不滿地問：「我不是說過了，我什麼人都不見。」

「可是……我們已經許久不見……」凌霄沒有想到他會發火，一下子沒了勇氣，轉而柔聲說道：「我只是想見見你。」

「化雷。」熾翼平靜地說：「我還有正事要辦，你和凌霄一同下去。」

「為什麼？你為什麼不願見我？」凌霄不解地問，「熾……」

「凌霄大人，我們還是不要在這裡打擾赤皇大人了。」化雷巧妙地擋在他面前，微笑著說，「來日方長啊！」

凌霄看了看他，再看了看毫無動靜的簾帳，縱然心頭百般不願，但是他也知道惹惱熾翼後果更加難以預料，只得跟著化雷走了出去。

化雷關上大門時，已在門外的凌霄看見那人側過臉來。雖然看不清模樣，他能感覺到，隔著布，那人寒冷凌厲就像刀鋒一樣的目光。

大門慢慢闔上，門裡，只留下了兩個人。

「原來，他真的沒死。」那個人舉手拉開掩飾面目的黑布，露出了清秀溫文的容貌，微笑著說：「我當初還以為你真的殺了他，結果你還是捨不得。」

「太淵，你找我有什麼事？」熾翼語調裡帶著笑意，「不會是專程來證實他沒有死吧？」

「熾翼，我遠道而來，你就不願見我一面嗎？」他也不回答，倒是溫柔地笑了，「我很想你。」

「你……」熾翼一時無法把握他的用意，「這是什麼意思？」

「我們也有不少時間沒見，你可曾想起過我？」太淵笑著問：「或者是和情人繾綣情濃，我這種無關緊要的人，自然不在你的心上。」

「碧漪呢？」熾翼不願和他在這些事情上糾纏，索性轉開了話題。

「母后？她死了。」太淵淡淡地說，「她私通火族，早在開戰前就被父皇下令處死。」

「什麼？」熾翼一愣，「碧漪她……」

「您不用擔心，我母后的死和您一點關係也沒有。那次你們見面之後，她雖然痛苦，但也慢慢尋回了求生的意願。她對我說了，她要向你證明，她不是想要依附於你的力量，而是真心愛戀著你。」

太淵笑了，笑容裡不帶一絲怨恨，卻讓熾翼覺得很不舒服。

「傳說吃了萬年青螭的元珠，能夠立刻變得耳聰目明，聲音妙曼。她之所以要死，不過是因為她正巧是世上唯一活了萬年的青螭。」

「胡說！翔離他根本……」熾翼眉頭一皺，突然想到了不對勁的地方。

翔離……那一次在身後喊他，他回頭了……

「我本以為你很殘酷，後來卻發現，你和父皇相比，要溫柔太多了。」

熾翼心裡有些混亂，沒注意到太淵竟然在說話時無聲無息地靠近了簾幕，然後一把掀開。

他略一吃驚，很快就平靜了下來，太淵卻是渾身一震。

這哪裡還是他認得的熾翼？

10

熾翼身上裹著一件紅色織金的華麗長袍，一手支撐著身子，半躺在朱紅色的長榻上。

他的頭髮比太淵記憶中長了許多，奇怪的是原本烏黑的顏色竟全數變成了深深淺淺的紅。那雙美麗的眼睛依舊迷濛瀲灩，但是瞳孔也不知為何變成了深邃的暗紅。他的唇色更是豔麗驚人，略長的指甲像是塗了鮮紅的蔻丹……

昔日耀眼奪目的赤皇，和眼前渾身散發出妖魅氣息的紅色身影，除了五官聲音相同以外，給人的感覺簡直就不可同日而語。

「怎麼？」熾翼勾起笑容，「不認識了嗎？」

太淵不確定地說，「你怎麼會變成這個樣子？」

熾翼的回答，是一個慵懶倦怠的笑容。

太淵走了過去，在熾翼頰邊掬起了一縷長髮。那頭髮雖然沒有任何熾熱的觸感，但看上去就像暗沉的火焰正在他的指尖纏繞燃燒。

熾翼一皺眉頭，手肘似乎支撐不起重量，整個人往前倒去，太淵順勢把他摟到了自己懷裡。

「你果然受了傷。」太淵凝視著他略顯蒼白的臉，「是不是因為傷得很重，才會改變了一貫的容貌？」

「太淵。」熾翼手一用力，讓太淵坐到了榻上，自己則靠在他的胸前，「別把我想得太強，我終究也只是血肉之軀。我們父皇那樣的神祇最終也難逃一死，你我終有一天會步上他們的後塵。受點傷，又算得了什麼呢？」

「不會的。」太淵看著他，慢慢搖頭，「在我心裡，你比他們都要強，絕不會像他們一樣那麼輕易死去。」

「我真的很喜歡以前的太淵。」熾翼淺淺地嘆了口氣，「如果你性格真是那麼溫柔，該有多好？」

「溫柔？你是因為喜愛凌霄的溫柔，才捨不得殺他嗎？」太淵微笑著問。

熾翼也不回答，只是笑了一陣，鮮紅的赤皇印記在熾翼白皙的頸脖上繚繞糾纏，隨著他的笑聲微微起伏，看得太淵眼都花了。

「熾翼，把凌霄殺了。」太淵低下頭，在熾翼耳邊輕聲呢喃，「我一看到他，就覺得討厭。」

「不行。」熾翼吃吃笑著，「你知道我喜歡他。」

「那你喜歡我多，還是喜歡他多？」

「這怎麼能比？」熾翼抬頭，目光迷離地望著太淵，「還是……太淵你想代替他，來做我的情人？」

「好啊。」太淵竟沒有半絲猶豫地說，「只要你願意，我非常高興能和赤皇大人……」

「聽見你甜言蜜語，還真不習慣。」熾翼的指甲抵在他頸邊，危險地滑動著，「別跟我演戲了，不如說說你今天為了什麼而來。」

「就算不讓我當你的情人，也不需要殺了我啊！」太淵輕輕笑道，「我今天來，不是想死在你手裡。」

「那麼你來，應該也不是想要占我便宜吧！」熾翼瞇起眼睛，抵在脖子上的手指滑到了臉上，「共工死了以後，你變了許多。」

「我知道你厭惡我現在的樣子，不屑於我的手段。」太淵讓手指在他髮中穿梭，感覺就像是正被火焰焚燒殆盡，「就像天破那日，你的目光讓我覺得自己是個無恥小人。」

「那時我不知多麼矛盾，畢竟共工死了未必是件好事。」熾翼伏在他的肩頭，

「你那麼做，等於打破了世間平衡，讓一切往不可逆轉處去了。」

「不適合生存的就不應生存，只有適合生存的才能生存下去。」太淵環住熾翼的肩，「他們的滅亡，是因為自己的愚蠢和盲目，和我有什麼關係？」

「只是這麼一句話……」熾翼抓住了太淵的手，「太淵，你想讓我拿你怎麼辦呢？」

「熾翼，索性滅了水族吧。」太淵低下頭，輕聲地說：「現在出兵直取千水。有我幫你，一定可以成功的。」

「如果攻進千水，我不會再讓水族有任何翻身的機會。」熾翼推開他，眼中醞釀著一團烈火，「其他的也就罷了，奇練、孤虹，還有你的所有族人，你真的忍心讓他們的性命斷送在自己手裡？」

「自以為是的他們，對這個世界有什麼意義呢？」太淵輕蔑一笑，「只是擁有力量，就以為自己崇高無上。你說這些好笑的水族，有什麼必須存在的理由？」

「你難道不是水族？你就不是他們之中的一員？你不是和他們一樣，什麼都不放在眼裡嗎？」

「是又如何？我的身上流著和他們相同的血液，也許我也自大傲慢不知節制。」太淵捧起熾翼的臉頰，指尖在他鬢邊的鳳羽上流連，「但是這樣的我，世界上有一個就夠了，不需要一族那麼多！」

「要是我滅了水族，你有什麼打算？」熾翼的神情一瞬變得有些莫測，「你是不是想要主宰世界的這個位子？」

「不！我只是想要得到應該屬於我的東西。」太淵目光一沉，就像冰刃一樣冷冽，「那些被人奪走的！」

「真是沒出息！我以為你是為了野心和對權勢的欲望，說來說去，結果還是為了一個女人……」熾翼笑得有些奇怪，「若是我說，我對滅了水族一點興趣也沒有呢？」

「我知道你想讓火族統領世間，你不可能拒絕我。」太淵笑了一笑，「孤虹和奇練重傷，寒華已經離開。這等機會絕無僅有，火族赤皇真的會輕易放棄？」

「你就這麼肯定？」

「如果說，我能夠接受這世界有一個共主，那個人也只會是你。」太淵嘆息著說，「總有一天，你會超越一切，站在無人能及的高處。從第一眼看到你開始，我就有這樣的預感。」

「太淵，你真的考慮清楚了？」熾翼垂下眼睫，「這對我們來說，都是一個無法回頭的決定，你不怕……」

「熾翼，我早就什麼都沒有了。」太淵站了起來，退開兩步，「我怕什麼呢？」

「你總算說了一句心裡話。」說完，熾翼側著頭，想了很久。

太淵也不打擾，只是站在一旁靜靜地等著。

「其實，你早就知道答案了，不是嗎？」熾翼再一次抬起頭來的時候，刻意的慵懶和漫不經心已經消失，取而代之的是冷漠和疏遠，「既然有這麼好的機會，我沒有理由不好好把握。」

「那實在是太好了。」太淵走近一步。

「七皇子。」熾翼坐直身子，眉目間輕佻不再，變得拒人千里，「不如談論正事吧。」

「赤皇大人請問。」太淵垂下手，神情也凝重起來。

「東海四方有著阻擋異族的界陣。」熾翼直視他的眼睛，「大軍如何進入東海，這是最關鍵的一點。」

「這一點，赤皇大人不用擔心。」太淵揚起嘴角，「我自有辦法。」

「北鎮師青鱗？」熾翼只是沉吟了一刻，就想通其中關節，「他恨我入骨，你居然能勸他助我。」

「過往的恩怨怎麼比得上局勢逼人？北鎮師是個聰明人，自然明白什麼選擇對自己更好。」

「共工的失敗果然是理所當然。」熾翼扯動嘴角，「他根本就不明白，無與倫比的法力，遠遠及不上能掌控一切的頭腦。」

「多謝赤皇大人誇獎。」

「論起頭腦，奇練不比你差，只可惜他總是猶豫心軟，心存僥倖。孤虹則是敗在他驕傲和不肯認輸的性子上。」熾翼輕描淡寫地問，「你說，如果有一天我也栽在你的手裡，那會是因為什麼原因？」

「太淵不明白赤皇大人之意。」

「我還不能確定能做到什麼地步。」熾翼似笑非笑的眼睛望著他，「不過總有一天，我會親自告訴你，這一切到底是為了什麼。」

太淵低著頭，有一剎那愣然。

來到這裡之前，他都已經設想好了。事實也證明，熾翼果然不可能拒絕和他合作，一切都朝著他安排的方向發展……但是為什麼，他心裡卻覺得有什麼地方不太對？

熾翼看著他的目光，總讓他想起共工撞上不周山的一瞬，熾翼回眸遙望的神情……

那時的熾翼似乎在說：太淵，一切都在我預料之中。

太淵心裡一直明白，也許這世上唯一瞭解他的，不是血緣親屬，也不是那個自己念念不忘的女人，而是面前這個永遠分不清親疏遠近的男人。

再抬眼一看，熾翼躺回榻上，似乎是睡著了。他閉著眼睛的樣子，就像是這世上任何一切都和他無關。

太淵握緊手中摺扇，無聲地笑了。

天地間千萬年來相制衡的力量早已產生偏差。

水神共工撞死在不周山的那一刻開始，一切舊有規則註定徹底毀壞。就像共工和祝融取代了四方帝君成為世界主宰，有一天他們也必然會被其他神祇取代。

水和火分享權力的時代，在這一刻終於完全不復存在。

分享權力，就代表著分享天地，若非迫不得已，有誰願意和另一個人分享這有可能獨得的天地？

向來自負的蒼王孤虹當然不願，就連一向不留戀權位的白王奇練也不肯放棄，所以，水族主神的位子，成了第一個爭奪的目標。誰都清楚，只有代替共工成為水族主神，才有和火族一較長短的本錢。

他們都很心急，雖然水族根基依舊穩固，但是半個世界，怎可一日無主？白王和蒼王誰更出色，誰更有資格繼承這個位子，是個很難說清楚的問題。他們的能力勿庸置疑，誰繼承神位對水族都是幸事，唯一的問題是，他們兩個都有資格、也都想成為主神，偏偏主神的位子，只坐得下一個人。

也不知是誰先挑起紛爭，短短時間之內，從暗爭發展到明鬥，接著越來越收不了手。若是共工還看得到，也不知他會怎麼想。

結果？結果出乎所有人預料。

實力相當的後果是兩敗俱傷，虎視眈眈的火神祝融怎麼肯放棄這樣的機會？不過他好像忘了，就算是兩敗俱傷，他要面對的依舊是兩個都有資格繼承主神帝位的純血皇子。

也許論起法力，奇練和孤虹哪一個都比不上祝融，但是他們聯手一擊，卻是祝融意料不到的。

共工一怒之下，連支撐天地的不周山都撞斷了，水族性格由此可見一二。相反，比起那種玉石俱焚的烈性，祝融是想立刻吞併水族，卻更加愛惜自己的羽毛。

一拚死一退卻，勝負立判。

祝融戰死，孤虹奇練僥倖得勝，重傷逃回東海。

最終，水族的白王和蒼王決定退守千水之城。東海四周，有水族四方鎮師布下的界陣，能夠阻止異族入侵。

他們要防的，當然是熾翼。

奇練和孤虹很清楚，他們能殺了祝融最大的原因，是熾翼沒有參戰。

沒有人能夠否認，比起祝融聖君，赤皇對火族的意義更為重大。要是除去赤皇，火族也就不足為懼，反之，只要赤皇還在一日，那麼火族依舊是擁有另半個世界的強大神族。

雖然這些年來，熾翼不再像以前那麼活躍，但他始終是火族最為核心的人物。

孤虹和奇練在這一點有著共識，不論他們之中誰得到了主神的位子，第二個目標都極為明確，那就是除去赤皇。

不過這一切都要放到以後再說，照現在的情形，他們絕不是熾翼的對手。只要得到喘息之機，等傷勢復原，熾翼也就不是那麼令人擔憂的問題了。

看來是這樣，也許真的是這樣，只不過……

「熾翼呢？」千水之城大殿，鮮血不停地從蒼王孤虹身上流淌下來，他穿著銀白戰甲的身子卻還直直地站著，「叫他過來見我！」

圍著的人沒有靠近，畢竟作為水族護族神將，蒼王的威名也是在四海八荒傳頌已久。他現在雖然受了重傷，身上殺氣之盛，反倒令他更加可怕。

「不過是敗軍之將，還有臉在這裡叫囂？」領頭者嘲笑著，「我勸你省點力氣，留著交代後事吧！」

「你是什麼東西，也配和我說話？」孤虹一臉不屑，甚至不看他一眼，「去叫熾翼過來！」

「你居然小看我？」那人眉毛一抬，「告訴你，今天你就是死在我蚩尤手裡了！」

「我說是什麼人敢對蒼王這麼無禮，卻原來是戰功赫赫的北方將軍啊！」這時殿外傳來了一個聲音，「蚩尤大人，你還真是威風！」

蚩尤當下變了臉色。

「你手下都是些什麼垃圾？」孤虹哼了一聲，「別告訴我你就是靠著這些沒用的東西打破四方界陣。」

「沒有辦法，我火族數量太少，不得不借重外力，倒叫你看了笑話。」

圍著的士兵自動讓出一條通道，一個紅色人影悠然從殿外走了進來。

熾翼沒有穿著戰甲，而是一身華麗紅裳，幾乎及地的暗紅頭髮半披半束在身後，神情慵懶閒適，就像來參加一場盛宴，而非踏足血肉戰場。

「還不向蒼王大人賠罪？」熾翼看也不看身邊彎腰行禮的蚩尤，「蒼王大人是何種人物，是可以任人呼喝的嗎？」

「好了，別在我面前演戲。」孤虹不耐地說，「你又是什麼意思？連戰甲也不穿，敢情是看不起我孤虹？」

「當然不是！這代表我贏得並不光彩。」熾翼大大方方地回答，「我根本不配穿著戰甲和你作戰。」

「原來你也知道。」孤虹仰起頭，「不論我如何討厭你，倒是一直覺得你坦白。」

「你也不用拖延時間了。」熾翼笑著告訴他，「你傳往長白幻境的消息，已經被我在半途截了下來。」

孤虹臉色暗沉，腳下忍不住一個踉蹌。

「好！我輸了！」孤虹面色變了幾變，然後大笑著說，「到了這個地步，我只問你一件事。」

熾翼做了個請的手勢。

「你到底是怎麼破了界陣？」

「說到這個，我正要為你引見一個人。」熾翼笑了一聲，「還請稍等片刻，他應該馬上就到了。」

「孤虹，你過來。」這時，坐在孤虹身後臺階上，一直沒有出聲的奇練突然說，「我有話要和你說。」

孤虹往後退了幾步，奇練慢慢站了起來，附在他耳邊說了些話。奇練沒說幾句，在場的人都看到孤虹的表情變了。

「你是認真的？」孤虹看著奇練。

「到了這個時候，我哪有心情和你說笑？」奇練嘆了口氣，「你也知道，這是唯一可行的辦法。」

「不要囉唆！」孤虹不再理會奇練，他挺直背脊盯著熾翼，「熾翼，要是想殺我，你立刻動手吧！」

「你誤會了。」熾翼笑了，「其實最想要你們命的，不是我也不是火族，而是另有其人。」

「你什麼意思？」

「蚩尤！和你的人出去，關上殿門，守在門外就好。」熾翼這麼吩咐。

蚩尤一愣，沒有馬上答應。

「怎麼，你覺得我連這兩個受重傷的傢伙也對付不了？」熾翼有些微的惱火，「還是你想親自試試紅蓮火的味道？」

「不敢！」蚩尤連忙答道，「臣等這就退下！」

轉眼間，大殿裡只剩下受重傷的奇練孤虹，還有在他們看來舉止反常的熾翼。

孤虹挑眉問他，「熾翼，你到底在玩什麼把戲？」

「沒有別人了，你還不出來？」熾翼看向殿中一根金色盤龍柱，「你也小心得過頭了。」

那柱子後面有人嘆息了一聲，「赤皇大人，你還真是喜歡強人所難。」

「我這怎麼叫強人所難呢？」熾翼環抱著雙手，「我是想讓你這個最大的幕後功臣，在勝利之時出場亮相一番。也好讓他們知道，這世上最聰明的，依舊是他們水族中人啊！」

孤虹和奇練交換了一個眼神，都在對方的目光中看到了肯定。

錯不了的，那個聲音……

「太淵？」要不是孤虹一把拉住他，奇練差點倒下，「竟然是你？」

「大皇兄，六皇兄。」從柱子後面走出來的不是太淵是誰？他和平時沒有什麼兩樣，青衣玉扇，一派悠閒，只是臉上的笑容更愉快了些，「沒想到，我最後還是要面見兩位。」

「真是沒有想到！」孤虹笑了起來，「竟是你這傢伙在背後搞鬼！」

「太淵，你為什麼要這麼做？」奇練一臉疑惑不信，「再怎麼說，你也是我們的兄弟……」

「我可高攀不起。」太淵打斷了他，「你們一個是純血長子，一個是護族神將，我怎麼配做你們兄弟？」

「你說這話是什麼意思？」

「奇練，你就別犯傻了。」孤虹輕蔑地看著太淵，「這不是很清楚了？我們七弟早就對水族心懷不滿，他幫助火族進入千水之城，就是要把我們兩個碎屍萬段。」

「不可能！」奇練直覺反駁，「太淵，你告訴我，真是你背叛了水族？」

「背叛？」太淵用扇子遮著嘴笑，「白王大人不覺得這詞用得好笑？什麼背叛不背叛的，世上只有識時務的才是聰明人，血緣親屬本來就是最可笑的藉口。何況，我根本不覺得自己是水族一員，又哪裡說得上背叛？」

「你！」奇練又氣又急，一口血嗆了出來。

「有什麼好生氣的？」孤虹也不安慰他，反而是說，「你一天到晚護著他，活該今天要死在他手上。」

「六皇兄說話總是這麼刺耳。」太淵重重地嘆了口氣。

「孤虹！」奇練一把拉住孤虹的手臂，「該動手了！」

孤虹看了他半晌，臉色陰沉。

「太淵！」孤虹突然大叫一聲，握著劍往太淵的方向刺去。

熾翼離得最近，他揚手放出一道火焰，直往孤虹燒了過去。沒想到孤虹卻在中途突然從前衝變成了後退，然後反手一劍刺出。

鋒利雪亮的劍刺進拔出，鮮血噴濺了出來，孤虹後背立刻變成血紅一片。

「奇練！」熾翼站在那裡，神情極其複雜。

奇練一手搭在孤虹肩上，一手捂住自己胸口，鮮血不斷地從那裡湧出。

誰也沒有想到，孤虹這一劍竟是刺進了奇練心口。

「孤虹，剩下的就交給……」奇練的手下滑，把一樣東西放進了孤虹手心，「孤虹……你一定要……」

還沒說完他就失去意識，整個人滑了下去。

孤虹低頭看了一眼，冷著臉罵了一聲：「連我也敢信，蠢到家了！」

誰也想不到，在這個時候，他們非但沒有聯手抗敵，孤虹居然還動手殺了奇練。他們之間的仇怨，居然已經深到了這樣的地步？

「孤虹，你這是做什麼？」熾翼向前走了幾步，擋在太淵和孤虹中間。

「熾翼，我說過沒有？」孤虹揚眉看著他，神情不見半點慌亂，「遲早有一天，你要死在他手上。」

「這就不用你擔心了。」熾翼笑著，低垂的目光掃過躺在殿上的奇練，「孤虹，你已經受了重傷，如果你想活命，最好不要反抗。」

「不反抗？那不是死得更快？」孤虹緩緩移動著手中的長劍，「熾翼，你和我從來沒有盡興地戰過一場，趁著這個機會，不如好好地打上一場！」

「六皇兄……」

「你給我閉嘴！」孤虹聲色俱厲地大喝，「是你令我水族覆滅，居然還有臉喊我皇兄？」

「勝者為王啊。」太淵搖著摺扇，冷冷地說一句，「蒼王大人到了這個時候不尋退路反而一味挑釁，倒是不太符合你一貫的性子。」

「太淵，別這樣咄咄逼人！」熾翼沒有回頭，但語氣中顯然是不以為然。

「赤皇。」孤虹突然笑了起來，「其實你遠不如他來得瞭解我。」

「小心！」太淵忽然在背後叫了一聲。

變化突生！

孤虹劍尖挑動，從地面帶起一串血珠，直往熾翼面目灑來。

就算熾翼有心防備，但沒有想到孤虹先殺奇練，居然是為了藉此脫身。倉促之間，他只能揮舞臂間層層紅綢，迴繞成防禦狀態，把自己和身後的太淵包裹了起來。

水族力量精粹盡在骨血之中，奇練心頭流出之血，豈可等閒視之？鮮血濺到之處紅綢寸寸碎裂，熾翼拖著太淵往後急退。

孤虹趁著這一閃一退之間，身形一縱，轉眼飛出了大殿。

殿外一片混亂，陣陣血腥隨之而來，此刻孤虹下手怎會留情，外面又有幾人是他對手？頓時死傷甚眾。

熾翼捂嘴咳了幾聲，止不住的鮮血從他指縫滲了出來。

正要追出殿外的太淵立刻停步回頭，「熾翼！你怎麼了？」

熾翼搖了搖手示意無礙，隨即低下頭又咳了一陣。

太淵看著血泊中奇練的屍身，表情有些奇怪。

「你在傷心？」熾翼抬頭問他，「或者覺得歉疚？」

「大皇兄待我很好。」太淵不無感傷地說道，「我本想設法留他一命，沒想到六皇兄……」

「你不急著去追孤虹，倒是在這裡追悼起來了？」熾翼抹去唇邊血跡，「要是被他逃走，今日真正是功虧一簣。」

「不用擔心，有人會截住他的。」太淵說到這裡，得意之色再也止不住，「我已經安排好了一切，就算他能化身千萬，也逃不出東海水域。」

沒人預料到會是這樣，但又似乎就該是這樣。熾翼跟著笑了。

在太淵望向共工死後一直空置的白玉皇座時，熾翼轉過身，慢慢走出了昔日金碧輝煌，如今濺滿鮮血的宮殿。

暮色將至，瀰漫空中的霧氣漸漸濃重，轉眼遮蔽了一切。

——《焚情熾之天裂》完

番外　誰與獨息

紅蓮如海，遙遙漫漫，無際無邊……

「喔？」太淵眨了一下眼睛，緩慢地回過神來，「這是什麼地方？」

坐在他對面的人笑而不答，屈指一彈，水中白蓮輕輕轉動，幻象頓時化為烏有。

「等一……」他阻止不及，只能任由猩紅殘影從眼前消退，餘下滿池潔白。

不安。

「那是什麼地方？」等再問的時候，他語氣中多帶了幾分謹慎。

並非是對眼前之人有所防範顧忌，只不過對方施展的法術，讓他有種怪異的

「七公子可知道，何為見結？」那人開口，聲音空靈優美。

「怎麼問我這個？」太淵微微一笑，「你知道的，我不懂佛法。」

「剛剛我施展的法術，正是映出你心底深處的見結。」那人解釋，「你在幻象之中所見，便是你無法安眠的癥結所在。」

「但是那個地方，我見都沒有見過。」太淵挑了挑眉，「說起來，上次你也和我說去西蠻雪域能夠尋到重要之物，難道這個地方又有什麼我用得上的東西？」

他語氣之中帶著諷刺，但那人脾氣很好，半點也沒有生氣。

「縱有神通無限，所見亦被所知所想所縛，更會為自我蒙蔽。也許我們並不清楚自己知道什麼、見過什麼，心中最看重的又是什麼。」

「我還是不明白。」太淵嘆了口氣：「只要一扯到佛法，我就完全聽不懂你

在說什麼，其實你只要告訴我，我看到紅花，紅色的蓮花，和我問你的事情有什麼關聯？」

紅色的、像火也像血的妖嬈紅蓮……他深深地吸了口氣，讓自己平靜下來。

「傳說黃泉深處下了一場大雨，雨水的顏色好似鮮血一般豔紅，不停不歇地下了百日。雨停後，慢慢彙聚成千頃大澤，其中生長而出的紅蓮凋謝不敗，日後成了黃泉地底的一處盛景，喚作紅蓮澤。」

那人停了一停，「也有人說，那並不是雨，而是天人以鮮血灑入幽冥，為的是讓困於輪迴的眾生洗盡罪孽，早得往生。雖然未必真是事實，不過其中包含的大願，實在叫人感動。」

「世上一直不缺如尊者這般願為他人捨身的神明。」太淵向來知情識趣，剛才言語尖銳已是難得失態，此刻解釋說：「我方才出言無狀，還望尊者不要見怪，主要是上次你指點我去雪域尋藥，結果我在那裡……算了，過去的事情就不說了，這回你可別又讓我白跑一趟。」

「我上次也和七公子說過，外物的效用始終有限。」對方不愠不火地說：「你要尋的未必就是某一樣確實存在之物，而是解開你心中癥結的方法。」

「你們這些佛陀尊者，說起來話來總是似是而非。」太淵合上手中摺扇，點了點自己的下顎，「聽上去很有道理，但仔細想想，又都是些不著邊際的空話。」

「人心是最虛無縹緲之物，你卻總讓我用言語形容。」那人長睫低垂，唇邊帶著笑意：「其實七公子心裡，未必不清楚自己所要尋找之物，偏偏在這裡為難我，也不知是為了什麼。」

太淵一愣，忽而笑了出來，「怪不得佛前諸多尊者，唯有你能夠執掌輪迴人心。優缽羅尊者果然智慧通透，非同一般地能言會道。」

「七公子過譽了。」

「那麼多謝尊者指點，太淵就此告辭。」太淵自蓮座站起身來，朝對面的優缽羅拱手行禮。

優缽羅微微頷首。

太淵剛剛踏上蓮花池畔的臺階，又轉過身來，欲言又止。

「七公子可還有事？」

太淵沉吟許久，最終搖了搖頭：「不，沒什麼。」

優缽羅目送他離開，再次低頭看向水面。

水霧飄搖之間，一片凜冽潔白，只是有一縷烏黑的頭髮，靜靜浮了上來……

三百年後。

太淵站在南望門外，看著刻在石碑上的「此入幽冥地界」，一時有些怔忪。

「七公子？」走在前面的玉白回過頭問：「可是有什麼不妥？」

「沒什麼。」他打開手中摺扇，「我只是想起曾和一位舊友談及黃泉，那時我以為自己很快會來到這處，沒想到一眨眼就過了這麼多年。」

「我認識的一個人曾告訴我，不論情不情願，我們總會走該走之路，到該到之處。」

「聽起來是位智者。」

「一個凡人罷了。」玉白笑了一笑：「不過這些生命短暫的凡人，有時候對得失，倒是比我們看得還清楚一些。」

太淵還未回答，迎接他們的人就到了。

「七公子此來另有要務。」玉白向來人說道，「請轉告奉深仙君與各位殿主，我須得先陪七公子去一趟忘川，稍後再往金玉大殿與他們見禮。」

「我一人過去即可，仙君你就……」

「那怎麼行！」玉白打斷了他：「我首要之責便是協助七公子修補輪迴臺，其餘之事都可放上一放。」

玉白還未入金玉大殿，但已是御封的泰山府君，地府十殿皆歸管轄，他說的話自然沒人敢有異議。

玉白親自駕車帶著太淵向忘川飛去。

「沒想到你對地府路徑如此熟悉。」

「七公子有所不知，其實我入神宵之前，曾在這幽冥地界生活了多年。」

「怪不得你不願留在神宵統領雷部，自請前來地府供職，原來是因為掛念故土。」

沒想到玉白長嘆了口氣。

「憑我的出身和本領，想仗著那點功勞統領雷部，未免太過不自量力。」他滿腹感慨地四下看去，「我想來想去，還是在這清淨地方，悠閒度日為好。」

「仙君淡泊名利，令人敬佩。」太淵垂下眼簾，笑容之中別有深意。

說話間，忘川到了。

玉白控制著蠱雕降落在忘川中央的輪迴臺上。

奔流不息的忘川水自兩旁奔騰而過，站立其上只覺水聲浩大，氣勢磅礴。

「我第一眼見到輪迴臺的時候都驚呆了，覺得這世上再沒有什麼比這更動人心魄的所在。」玉白走下骨車，「後來我才知道，之所以會打造輪迴臺，是因為下面的輪迴盤每千年轉過一圈，能藉世間凡俗眾生的意念調和三界陰陽，維持天地靈氣充盈平和。」

「太古傳下的神物自然非比尋常，說起來，這輪迴盤還真是天地間不可或缺之物。」

玉白突然笑了起來，太淵驚訝地看著他。

「我當時剛入修仙之途，不知天高地厚，便問說：『若有一日輪迴盤不動了，豈不要糟？』結果被他們好生嘲笑了一番。」

太淵沒有跟著笑。

「若真有那麼一日……」他正色道：「那便是我等依靠靈氣而存者的末日吧。」

二人沉默片刻，耳邊水聲隆隆。

玉白清了清喉嚨：「既是太古時的神物，也不可能說壞就壞。」

「確實如此。」

二人相視一笑。

太淵走到輪迴臺中央。

「所以，當時星宿主便是墜落在了這個地方？」他踩到了如蛛網般往下凹陷的裂痕上。

「正是。」玉白回答，「他的挽日槍刺進了那個位置。」

「不愧是真仙首座，垂死一擊如此驚天動地。」太淵走到最中央那一點，抬頭看了過來。

「是啊！」玉白呼了口氣：「如今想來，我都覺得害怕。」

太淵知情識趣，自然不會問「你若真是害怕，又怎會一劍斬下星宿主的頭顱，得了首功」這樣刺耳的問題。

他只是表示贊同，然後念起了法訣。

輪迴臺發出一陣輕響，緩緩向上升起。

他們沿著邊緣的臺階往下走去，輪迴盤散發出的金色光芒柔和美麗，如同昏暗天地之間的一盞明燈。

「這就是那位入了魔的佛前尊者？」玉白看著漂浮於輪迴盤中央的身影，忍不住發出驚嘆，「這可真是……真是……」

那人黑衣黑髮，風姿綽約，容貌之美讓他一時之間想不出字句形容。

「真是遠勝世間一切色相。」太淵彎起嘴角，「不過，可千萬不要把他歸作虛有其表之輩。」

「怎麼會？」玉白終於從驚豔中回過神來，「我聽說為了把他關進輪迴盤，西天諸佛元氣大傷，他的名字在佛土已然是禁忌之語了。」

輪迴盤自內而外共有九層，各自層疊環繞，內圈轉過一層，外圈轉動一分。

「看起來沒什麼問題，只需修復輪迴臺即可。」太淵仔細檢查了一遍。「這樣我也就能交代了。」

「我聽過一個有趣的說法。」玉白站在欄杆邊，往下方看去，此刻他們已經距離水面非常地近，「在輪迴盤下方，有一個通往隱祕之境的入口，輪迴盤最初放置在這裡，就是為了封住那個祕境。」

「哦？」太淵一臉頗感興趣的表情：「是真的嗎？」

「是真是假無人知曉，就是有這一說罷了。」

他們邊說邊往上走去，水漸漸漫了上來，整個輪迴臺開始下落。

最後玉白望了那沉入忘川的絕美身影一眼，嘆了口氣，輕聲說了一句：「可惜……」

「對了。」站在骨車之前，太淵像是突然想起什麼，「上次我遇到喜好雲遊的地仙李真，和他談起了世間風景別致之處，他說黃泉有一處叫做紅蓮澤的地方，令人驚嘆奇絕，不知是不是真的？」

這話自然不假，只是紅蓮澤距離此處有一段路程，玉白堅持要駕車送他過去，太淵假意推辭了一番，然後也就順水推舟地道了謝。

太淵當然不是真要推辭，他之前旁敲側擊，想要探聽雷部與天樞宮爭鬥的內情，但玉白這人看似毫無心機，實則狡猾老練，言語行事滴水不漏，一路上硬是一句有意義的話都沒說過。

和這種人打交道最是麻煩，但他也不準備就此放棄。

如今星宿主身死，昆侖真仙一系在角逐上仙首座一事上敗局已定，整個天庭格局大變。他不想插手神霄與昆侖的紛爭，但總不能讓事情超出控制太多。

可打定主意要套話，一上了骨車，在往紅蓮澤去的路上，他突然就覺得意興闌珊，連話也不想說了。

這都因為終年被薄暮籠罩、陽光永遠無法照入的黃泉深處，是比東海還要討厭的地方……

「那是什麼聲音？是歌聲嗎？」他側耳聽了一會，跟著念了幾句：「予美亡此，誰與獨息？角枕粲兮，錦衾爛兮。予美亡此，誰與獨旦……」

「是悼歌吧！」他一路沉默不語，玉白有些緊張，連忙回答：「下面是流芳湖，幽魂常常在此地悼歌念舊。」

太淵從拂開的暮氣間望去，只見一片幽藍湖水，曼曼清歌繚繞，說不出地哀淒纏綿。

「往日已逝，追之不回，又何必說什麼誰與獨息誰與獨旦？這樣朝夕悲慟不願轉生，也就是自怨自艾，難道真能等到什麼人？」玉白嘆了今日裡的不知第幾口氣，「人心善變，你等的人說不定早就開開心心喝下了忘川水，轉世投胎去了。」

「是嗎？」太淵不置可否地應了一聲：「不能休憩無法安寢，原來只是因為哀憐寂寞嗎？」

說話時，蠱雕拉著的骨車輕巧地飛過了湖泊宮殿，已經能夠望到天際一片豔麗火紅。

一見到那片紅色，太淵便開始失神。

這紅，太豔太濃，太過招搖放肆，太過……太過了……

玉白一連喊了幾聲，沒見他有反應，只能將骨車停在澤邊，靜靜候在一旁。

過了半晌，太淵終於有了動靜。他慢慢地下了車，又慢慢地走到堤上，伸手像是要去摸一摸探出岸邊的蓮花，只差分毫之時又縮了回來。

雖然沒有碰，他的目光卻須臾不離那如火紅蓮。

「仙君，再和我說說這大澤的來歷。」

「那是很多年之前了，七百年還是八百年……具體什麼時候說不太准，我只記得天上殷紅似血，然後下起了大雨。」玉白仰頭看向此刻暗沉的天空，「那雨就像血一樣紅，帶著一股奇異的香氣，一直下了整整一百個晝夜。那時候整個黃泉滿是異香，等雨停了許久，才漸漸消散。後來，這些水中慢慢長出不衰不敗的紅色蓮花，黃泉就多了這處開滿紅蓮的大澤。」

這些話和先前聽到的大同小異，但是真正站到這片哀豔的紅蓮旁，感覺卻和那時有著天壤之別。

算起來，那個時候……不正是煩惱海枯竭之時？

天人的鮮血……血有異香……那個時候他說、他說……我和你……

眼前一切突然刺眼起來，太淵低頭垂目，透過蓮葉瞧見猩紅的湖水和隱約埋於其間的白骨。

白色森然，紅色濃稠，說不出地慘然恐怖。

「七公子，您怎麼了？」見太淵突然面色慘白，玉白擔心地問道：「可是有什麼不對？七公子，七公子……」

喊了良久，太淵定著的眼珠才轉了一轉，面色也稍好了一些。

「多謝仙君。」他勉強地笑了笑：「我想獨自在此地欣賞風景……」

「七公子請自便。」玉白立刻識趣告退，「我先前往金玉大殿，也不好讓人一直等著。」

太淵沒有心情敷衍，隨意朝他點了點頭。

一眼看去無邊無際的碩大紅蓮，朝著幽暗天空妖嬈伸展，就像是暗色的火焰，一直燃燒到天地盡處。

太淵沿著紅蓮澤旁修築的堤岸，獨自走著。

走了一陣，他停了下來。

眼前有一片蓮葉，紅色露珠從蓮葉邊緣落了下來。他伸手去接，淡紅的水滴卻鑽過指縫，不知落到了何處。

他閉起眼睛，感覺困倦襲來，卻仍然找不到絲毫睡意。

這數百年來，他每一夜都是如此，無法平靜，不能安眠……然後，似乎就是如此這般地過來了。

對他來說，這其實也算不上太長的時光，但是因為無法入睡，又長得有如千年萬年。

「你到最後還是贏了。你說我忘不了，我果然是忘不了。這麼多年來，我甚至沒有辦法閉上眼睛……為什麼我總是擺脫不了？為什麼！」他幾近失控地責問：「你以為你是誰？共工、祝融、奇練、孤虹，哪一個不是非凡人物？哪一個不是恨我入骨？又有哪一個不是栽在我的手裡？憑什麼，憑什麼我總是贏不了你！憑什麼到最後你都像是施捨於我？憑什麼只有我對你……對你念念不忘……」

滿澤紅蓮搖動，無人回答。

風聲漸消，悼歌可聞。

誰與獨息……誰與獨旦……

到底是因為什麼徹夜難眠，到底是為了什麼不能忘記，這世上還有誰比他更加清楚……

太淵對著自己空握的手掌，無法抑制地大笑起來。

直到無法站立，跪坐到地上，聲嘶力竭的笑聲過了許久才漸漸止歇。

太淵再一次站起身的時候，已經斂去了瘋狂。

他站在紅蓮澤畔，對著滿目鮮紅說道：「熾翼，我們再下一局，最後一局……」

然後，他拍乾淨沾了泥土的衣物，伸手採了一朵紅蓮，施了法小心藏進袖中。

離開時，他神情平靜，猶帶笑意。

誰與獨息，可能真是無與獨旦。

往日已逝，或許已經追之不及。

換了旁人，也許只能懊惱痛苦，夜夜無眠，但他是誰？

他是太淵！

只要太淵想做到的，他就能做到，從來就是如此。

不論花費多久的時間，不論付出怎樣的代價……

——番外〈誰與獨息〉完

高寶書版集團
gobooks.com.tw

BL023
焚情熾之天裂

作　　者　墨　竹
繪　　者　Leila
編　　輯　林紓平
校　　對　任芸慧
排　　版　彭立瑋

發 行 人　朱凱蕾
出　　版　英屬維京群島商高寶國際有限公司臺灣分公司
　　　　　Global Group Holdings, Ltd.
地　　址　臺北市內湖區洲子街88號3樓
網　　址　www.gobooks.com.tw
電　　話　(02) 27992788
電　　郵　readers@gobooks.com.tw（讀者服務部）
　　　　　pr@gobooks.com.tw（公關諮詢部）
傳　　真　出版部　(02) 27990909　行銷部 (02) 27993088
郵政劃撥　50404557
戶　　名　三日月書版股份有限公司
發　　行　三日月書版股份有限公司/Printed in Taiwan
初版日期　2019年8月

國家圖書館出版品預行編目(CIP)資料

焚情熾：天裂 / 墨竹著.-- 初版. -- 臺北市：高寶國際, 2019.08-
冊；　公分. --

ISBN 978-986-361-716-7(平裝)

857.7　　108010396

三日月書版

三日月書版

GOBOOKS
& SITAK
GROUP©

GOBOOKS & SITAK GROUP©